書下ろし

女が嫌いな女が、男は好き

草凪 優

祥伝社文庫

目次

第一章　秘密の幸せのために

1

本山健一《もとやまけんいち》の恋人はやっかいなタイプである。

名前は藤咲満里奈《ふじさきまりな》という。健一より三つ年下の二十六歳だ。

容姿《ようし》は可愛《かわい》い。これは間違いない。猫のように大きな眼をした童顔で、黒髪のショートカットがよく似合う。身長百五十二センチと小柄《こがら》なせいもあり、二十六歳にはとても見えない。アイドルグループに属してミニスカートを穿《は》き、腰を振って踊《おど》っていても、たぶん違和感はないだろう。

おまけにブリッ子だ。異性、それも年配のお偉方《えらがた》に対してはとても愛想《あいそ》がよく、思春期の少女のように恥ずかしがったり、上目遣いで唇を尖《とが》らせたり、ちょっとした仕草《しぐさ》がどうにも男の視線を意識しているように見える。

それゆえ大変よくモテるが、満里奈はそれを鬱陶《うっとう》しく思っているようであり、かといってチヤホヤされるのが嫌いなわけではない。むしろ大好きで、扱いが悪いと途端《とたん》に不機嫌《ふきげん》になる。

要するに、「女に嫌われる女」の典型的なタイプなのだ。女子社員の社交場である給湯室ではいつも、困ったちゃんとか、かまってちゃんとか、不思議ちゃんとか、悪口が絶《た》えないらしい。

とどめは男の選び方だった。

この手のタイプは打算で恋人を選ぶ、とまわりに思われている節《ふし》があり、その恋人が健一なのである。

健一は二十九歳、江戸時代から続く老舗《しにせ》の材木問屋〈本山材木店〉の跡取《あとと》り息子だった。満里奈は同じ会社の一社員だから、口幅《くちはば》ったい言い方になるが、結婚すれば玉の輿《こし》である。

まわりの女子社員たちが付き合っていることを知ったなら、全員がのけぞって吐き捨てるように言うだろう。どうしてよりによってあんな女に、と。

しかし、と健一は思っている。

満里奈に打算はない。

なぜなら、満里奈は最初、健一にひどく冷たく接していたからだ。健一のほうから必死になってアタックして、なんとか射止《いと》めたのだから、彼女に打算などあるわけがないのである。

いや……。

もしかすると、すべては満里奈の思惑《おもわく》通りなのかもしれない。最初に冷たくしてきたのは恋の駆《か》け引きなのだと言われれば、女心に疎《うと》い健一は唸《うな》るしかない。

それでも健一は、彼女のことが好きで好きでたまらなかった。

自分はもしかすると、満里奈と出会うためにこの世に生まれてきたのではないか。ともすればそんなことさえ思ってしまうくらい、夢中になっていた。

健一がメーカー系クレジット会社を経《へ》て、家業を継《つ》ぐために〈本山材木店〉で働きはじめたのは二年前。いまはまだ営業部の一社員として修業中なものの、百人を超える社員の中で健一が跡取り息子であることを知らぬ者はいないから、さりげなくアプローチしてくる女子社員はけっこういる。

健一は昔からモテるタイプではなかった。

容姿も平凡《へいぼん》なら、とりたてて頭のいいほうでもなく、スポーツも苦手。人に自慢《じまん》できる趣味《しゅみ》があるわけではなく、休日はもっぱら犬の散歩に費《つい》やしている。

なので、〈本山材木店〉の社員になり、急にモテるようになった状況を、比較的冷静に受けとめていた。アプローチしてくる女たちの目的は社長夫人になることであって、決して自分を愛しているわけではないのだ、と。

それでも、「好きです」とか「憧《あこが》れてます」と言われれば、どうしたって鼻の下を伸ばしてしまいそうになる。

情けなかった。

健一にはもう、三年以上恋人がいないのだ。三年前、いささかしんどい恋をしたせいで、恋愛沙汰《ざた》から身を遠のけているうちに、けっこうな時間が経ってしまった。三十路《みそじ》の声が近づいてくるにつれ、結婚しろという両親からのプレッシャーは強くなっていくばかりだったし、正直、独り身はとても淋《さび》しい。

だが、玉の輿狙いですり寄ってくる社内の女とだけは、付き合いたくはなかった。親戚《しんせき》縁者《えんじゃ》から見合い話も毎週のように舞いこんでいるけれど、そういうのも嫌だった。生涯《しょうがい》の伴侶《はんりょ》くらい、自分の器量で見つけたいのである。

満里奈も社内の女なので、自分でつくったルールを破ってしまったことになるけれど、彼女の場合、向こうからアプローチがあったわけではないので例外としていいだろう。

半年前、満里奈は中途採用で入社し、営業部に配属されてきた。

可愛く、愛想がよく、部内でいちばん年下だったので、初めはかなりの歓迎《かんげい》ムードだった。男性社員も女性社員も彼女のことをよくかまっていたし、みんなの妹分というか、フロアに咲いた可憐《かれん》な花というか、そんな感じだった。

ところが、配属されてひと月が経《た》ち、ふた月が経つと、満里奈のまわりには不穏《ふおん》な空気が漂《ただよ》いはじめた。

どこの会社でも似たようなものだろうが、若い女子社員たちは結束力《けっそくりょく》を重んじ、団体行動をベースにしている。団体といっても、営業部には満里奈の他に三人いるだけだが、彼女たちはランチも一緒に食べているし、退社するのも一緒で、お茶くみすらひとりではしない。

仲間はずれになることを極端《きょくたん》に恐れ、いつも仲間の顔色をうかがっている女子の集団は、男から見れば痛々しく、鬱陶しいだろうなと思わずにいられない。しかし、そんなことを口にしてもしかたがない。女子には女子の処世《しょせい》があるからである。

だが、女子の中にも男と同じように考えるタイプがいるようで、満里奈がそうだった。女子社員同士で群れずに、いつもマイペース。相手が先輩でも、自分が正しいと思ったら決して譲《ゆず》らない。女同士の私語を嫌い、愛想笑いさえしない。なのに、相手が男となるとにわかに笑顔を振りまき、オクターブをあげた声でおしゃべりをはじめるのだから、まわりの女子は絶句である。

対照的に男性社員、とくに会社の上層部や取引先からの評判は抜群《ばつぐん》で、会議のお茶くみ役を、役員直々《じきじき》に指名されることも珍《めずら》しいことではなかった。

となると、部内の女子の人間関係がギスギスしはじめるのは必然である。

健一は、満里奈がそのうち陰湿《いんしつ》ないじめにでも遭《あ》うのではないか、と心配していた。営業部の男性社員は君子危《あや》うきに近寄らずを決めこんでおり、そうでなくても女子社員に頭があがらないタイプが揃《そろ》っている。

ここはひとつ、自分が世渡りについてアドバイスしよう、と健一は使命感に駆られた。実際、満里奈と他の女子社員のつばぜり合いが気になって、仕事にも支障をきたしていた。危なっかしくて放っておけないのだ。

とはいえ、どういうわけか健一は、満里奈に避《さ》けられている節があり、頭ごなしに説教しても逆に反発されそうな気がした。そこで、食事にでも誘ってやんわりとたしなめることにした。

ある日の終業後、満里奈がオフィスを出ていくと、健一はさりげなく後を追った。二月の寒い日のことで、白い息を吐きながら走った。

駅前の信号待ちで追いつき、

「藤咲さん、ちょっといいかな?」

声をかけると、満里奈は表情を変えずに振り返った。

「もしよかったら、これから食事とか一緒にどう？　焼肉でも……」

「わたし、焼肉嫌いなんです」

きっぱりと言い放ったタイミングで信号が青になり、満里奈は一瞬も躊躇《ためら》わずに背中を向けて歩きだした。

健一は呆然《ぼうぜん》と立ち尽《つ》くしたまま、小さくなっていく彼女の姿を見送った。

信じられなかった。

曲がりなりにも、こちらは会社の先輩である。断るにしても、もう少し言い方というものがあるのではないだろうか。まずは誘ってくれたことに礼を言い、誘いに乗りたくなければ、嘘《うそ》でもいいから用事があって急いでいるとでも言えば丸く収まる話ではないか。だいたい、他の男性社員にはブリブリな態度で接しているくせに、どうして自分にはこうも冷たいのか。

なるほど……。

彼女はブリッ子であると同時に、プライドもひどく高いのだろう。健一が会社の跡取り息子だからといって、媚《こび》を売るのが嫌なのかもしれない。そうでなければ、あそこまで冷たくは断れないはずだ。

しかし、である。

こちらは下心があって食事に誘ったのではなく、仕事上のアドバイスをしてやろうと思っていたのだ。もしかすると彼女は、こちらが跡取りという立場を利用して口説《くど》いてくるとでも思ったのだろうか。

まったく、勘違いもはなはだしい。

健一は憤慨《ふんがい》し、闘争心に火がついた。

翌日もう一度、同じ場所、同じタイミングで声をかけてみた。

「ちょっと話があるから、そのへんで一杯飲まないか? うまい鮨屋《すしや》があるんだ」

「魚、食べたくありません」

満里奈はやはり、きっぱりと言って去っていった。

「肉は嫌い、魚は食べたくないって……」

健一は満里奈の背中を見送りながら、呆然とつぶやいた。ならばいったい、どんな料理ならOKするというのだろう。自分と食事をしたくないなら、はっきりそう言って断ればいいではないか。ここまで取りつく島もない感じでは、仕事上のアドバイスがあることすら伝えられない。

むきになった健一は、次の日も、またその次の日も、満里奈に声をかけた。フレンチでもタイ料理でも、同じように冷たく断られた。

迂闊《うかつ》だった。

ネットで「女子がデートで行きたいレストラン」を調べてみたところ、一位はイタリアンになっていたのだ。なるほど、自分は女心がわかっていなかったらしい。たしかに女はピザやパスタが好きそうだし、いきなり焼肉や鮨やフレンチやエスニックに誘うのは、無神経だったかもしれない。

翌日、五回目のトライをした。

「ちょっといいかな……」

満里奈は信号待ちで立ちどまったまま、顔も向けてこなかった。

「ネット情報で恐縮だが、銀座《ぎんざ》に美味《おい》しいイタリアンレストランがあるらしいんだ。そこならどうだ？」

「わたし……」

満里奈が顔を向けてきた。とくに表情に色はなかった。

「お蕎麦《そば》が食べたい……」

「えっ？　蕎麦って日本蕎麦？」

健一は素《す》っ頓狂《とんきょう》な声をあげてしまった。まったく想定外のリアクションだったからである。

「日本蕎麦、嫌いですか？」

「い、いや……なら、すぐそこに行きつけがある……い、行こうじゃないか……」

しどろもどろになりながら、満里奈を近くの蕎麦屋に案内した。昔ながらのごく普通の店だが、味はけっこういけるほうだ。

しかし、こんなところでいいのかと思った。

話をするために呼びだしたはずなのに、街場の蕎麦屋特有の小さなテーブルで差し向かいで腰をおろすと、異常に緊張してしまった。

「ご注文は？」

店員がやってきたので、

「ビ、ビールでも飲む？　それともお酒か……」

健一はアルコールを頼んで緊張をほぐそうとしたが、

「わたし、せいろをお願いします」

満里奈は背筋を伸ばして言った。

「じゃ、じゃあ、せいろをふたつ……」

健一の目論見《もくろみ》は見事にはずれ、ますます緊張してしまった。

まあいい、落ち着け、と自分を励《はげ》ました。

とにかく蕎麦を食べて腹を満たせば、親和的な空気になるかもしれないではないか。食事に付き合ってくれたということは、彼女にもなにか考えがあるのだろう。

毎日冷たく断って申し訳ないと思ってくれているなら、しめたものだった。あなたとお付き合いするつもりはない、と先まわりして釘《くぎ》を刺すつもりなのかもしれないが、そう言われたらすかさず話があったのだと返せばいい。キミの会社での態度はいかがなものかと……少しは先輩の顔も立てたほうがいいと……。

「おまちどおさま」

蕎麦が運ばれてきた。

「いただきます」

満里奈は行儀《ぎょうぎ》よく手を合わせて食べはじめた。

健一も割《わ》り箸《ばし》を割って蕎麦をつまんだ。食欲などまったくなかったが、しかたなく食べた。新蕎麦が出たばかりのようで、香りがよかった。いつもの癖《くせ》で、ずずっ、とむきになって音をたてて、蕎麦を啜《すす》ってしまう。

「きれいな食べ方ですね」

「えっ、ああ……耳障《みみざわ》りだったかい？」

一瞬、皮肉を言われたのだと思った。

「いいえ。わさびもお蕎麦につけてるし、江戸っ子っぽい」

「ああ……」

健一の行儀作法は、偏屈《へんくつ》な祖父に教わったものだった。刺身醬油《じょうゆ》や蕎麦つゆにわさびを溶《と》くと、ひどく叱《しか》られた。ずずっ、と音をたてて啜るのも祖父譲りだ。

「つゆを汚さないで食べるのが粋《いき》なんだ、って教わって育ったからね。ずずっと啜ったら鼻から息を抜いて香りを楽しめとか……まあ、俺には粋なんてよくわからないけどさ」

「ふふっ。きれいな食べ方の人と一緒に食べると、お蕎麦って気持ちいいです。誘っていただいて、ありがとうございました」

満里奈ははにかんだ笑顔を浮かべて礼を言うと、健一以上に音をたてて、ずずっ、と豪快に蕎麦を啜った。

健一は食べるのを忘れて満里奈に見とれた。

恋に落ちた瞬間があるとすれば、きっとこのときに違いない。可愛い顔と豪快に蕎麦を啜るミスマッチも、食べ方を褒《ほ》められたことも、初めて見せてくれたはにかんだ笑顔も、いまでも記憶の中でキラキラと輝いている。

その日は結局、蕎麦を食べただけで別れた。世渡りに関する意見を言うことも忘れたまま、幸福な時間は一陣の春風のように過ぎていってしまった。

2

それから一ヵ月後の現在――。

健一と満里奈は付き合うようになり、週に二、三日は会っている。

会社の人間に交際していることは秘密なので、会社の近辺で食事をするようなことはもうしていない。デートはもっぱら、会社から離れた繁華街《はんかがい》か、ひとり暮らしの彼女の部屋だった。

大学進学を機に北海道から上京したという満里奈は、その大学がある郊外のニュータウンで暮らしていた。会社からJRと私鉄の特急を乗り継いで一時間近くかかり、都心に近い健一の自宅からも同じくらい遠かったが、ものともせずに通いつめた。三十年近く生きてきて、これほど人を好きになったのは初めてというくらいだったから、そんなことは気にならなかった。

呼《よ》び鈴《りん》を押せば、笑顔の満里奈が迎えてくれる。

花柄のフリフリしたワンピースにギンガムチェックのエプロンをして、夕食をつくって待ってくれる。これが行かずにいられれようか。

「今日の献立《こんだて》はトロトロ卵のオムハヤシライスとシーザーサラダ。いいかな?」

「もちろんだよ。大好物さ」

満里奈のレパートリーは、見た目が派手《はで》でカロリー過多なものが多い。そろそろメタボが気になる年頃なので、家では和食を食べたいが、そんなことはもちろん言えない。

「うまいよ、このオムハヤシライス……」

食べながら、何度も何度も、しつこいまでに料理を褒める。満里奈が料理の腕に自信をもっているし、料理でなくても褒められることが大好きだからだ。

「店に出して、金取れるレベルじゃないか。中のごはんをベーコンで炒《いた》めてるところなんか、芸が細《こま》かいね」

「そうかな? 自分でもイケてると思ったけど」

満里奈は得意げに胸を張る。いくら大げさな褒め言葉でも、彼女は決して照れることがない。

「いや、ホントにうまい」

「嬉《うれ》しいよ。いっぱい食べて」

笑いあい、眼が合うと気まずげにうつむく。まるで新婚家庭のような甘ったるい雰囲気に、蕩《とろ》けてしまいそうになる。

最初はあれほど健一に冷たかった満里奈なのに、いったん付き合うとなると、彼女は別人のように心を開いてくれた。顔立ち通りに可愛い女になった、とまでは言えないにしろ、愛されているという実感がたしかにあった。

もちろん、付き合うに至るまでには、紆余曲折《うよきょくせつ》や、健一の血の滲《にじ》むような努力があったわけだが、それはひとまず置いておく。ようやく手に入れることができたこの幸せを、いまはただ満喫《まんきつ》したい。

しかし、蕩けるような幸せを満喫しながらも、ふと気がつくと心に暗い影が差していることがあった。いまが幸せであればあるほど未来が怖くなるという話はよく聞くけれど、健一が立たされているのは、まさにそんな状況だった。

結婚、という人生の節目を控《ひか》えているからである。

それを念頭に置かなくていいなら、ただただ恋人同士の甘い気分を味わっていればいいだけなのだが……。

「おまえ、本当に恋人はいないのか？」

今朝も朝食の席で父の隆一郎《りゅういちろう》に言われた。

「あと半年で三十歳なのに、まったくいつまで独身でいるつもりなのかしら？」

母の真枝《まさえ》が、配膳《はいぜん》をしながら追い打ちをかけてきた。

「子育てするのは若いうちがいいし、家庭をもてば責任感も出てくる。相手がいないなら悪いことは言わん。見合いをしろ」

「そうよ。お見合いなんて古くさいと思うかもしれないけど、恋愛と結婚は別物ですからね。いまの若い人たちも、婚活だなんて言うじゃない？　体裁《ていさい》はホテルでパーティでも、あれはお見合いと同じですからね」

「いや、まあ……ちょっと待ってくれよ……」

健一は苦笑いで誤魔化《ごまか》すしかなかった。朝っぱらからそんな話をされるとげっそりしたが、両親だってしたくてしているわけではないだろう。健一があまりにも女っ気のない生活をしているから、心配しているのだ。

だが、健一もまた、心配していた。

実は恋人はいて、結婚したいと思っているのだが、満里奈を紹介して気に入ってもらえる自信がなかった。彼女は気難しいうえに気が強い。顔は可愛くても性格はあまり可愛くない。健一はそれをすべて受け入れているからいまのところうまくいっているけれど、とくに母親はNGを出しそうな気がしてしようがなかった。なにしろ満里奈は、女に嫌われる女なのだ。

　さらに数日前、大学時代からの親友、西村大樹《にしむらだいき》に会った。西村は異様な恋愛体質で、くぐった修羅場《しゅらば》は数知れず、その道では健一など足元にも及ばない男である。久しぶりに一杯やりながら、恋人ができた旨《むね》を告白すると、

「やめといたほうがいいんじゃねえの」

　いかにも気の毒そうな顔で苦笑された。

「おまえの話を聞くかぎり、その彼女……満里奈ちゃんは、すべてそろばんずくで動いてる気がするね。最初は冷たくして相手が熱くなるのを待つなんていうのはさ、男をその気にさせるイロハのイだよ。イタリアンを断って蕎麦が食べたいなんて、いかにも男心をくすぐりそうなあざといやり口だし、おまけにきっちり餌付《えづ》けされちまってる。男をつかまえたいなら、胃袋をつかまえろってのも、セオリー中のセオリーだからな。そんな女に騙《だま》されるくらいなら、悪いこと言わないから、見合いをしたほうがいい」

「いやいや、ちょっと待ってくれよ……」

　健一は困惑顔で反論した。

「おまえはつまり、満里奈が打算で俺と付き合ってるっていいたいんだろう？　玉の輿……っていうほどうちも大金持ちじゃないけど、将来金に困らない結婚がしたくて俺と付き合ってると……」

「そうとしか思えないね」

西村はきっぱりと言ったが、

「違うんだよなあ、全然違う」

健一も負けずにブンブンと首を振った。

「違わないよ。おまえは彼女に、恋愛下手なところをすっかり見透《みす》かされてんの」

「いや、だから、そうじゃないんだって……」

「じゃあ、彼女はおまえのどこに惚《ほ》れてるの？　打算じゃないなら根拠を示せよ」

「そ、それは……」

健一はしどろもどろになった。

「根拠って言われても……なんていうかなあ……もしも運命の赤い糸みたいのがあるとしたらだよ、俺たちはそれで結ばれてるんじゃないかって、そう思うんだよね」

「おいおい……」

西村は酸っぱいものでも口にしたような顔をした。

「運命の赤い糸だと？　正気か？」

「おまえ、そういうの感じたことないの？」

「ないね」

「だから、次から次に女が替わるんだよ。可哀相《かわいそう》なやつだ」

健一が唇を歪《ゆが》めて吐き捨てると、

「いやいやいや……」

西村は苦りきった顔で深い溜息《ためいき》をついた。

「恋愛初期にはたしかに、そういう感じもあるよ。でも、最初だけさ。一年も付き合ったらわかるから、結論は急がないことだな」

「結論は……早いほうがいいんだ。親を安心させてやりたい」

「ならまあ、好きにすればいいさ。おまえの場合、たとえ見合いでも、相手に打算がありそうだしな。同じっちゃあ同じだ」

「だから、満里奈は打算なんてないんだって……」

健一は繰り返したが、西村はもう相手にしてくれなかった。

たしかに、彼の言うことは理解できる。

健一の中にも、満里奈が打算で自分と付き合っているのではないか、という恐怖が常にあったからだ。

西村には言えなかったが、満里奈は贅沢《ぜいたく》が好きな女だった。

最初は肉も魚も嫌いなようなことを言っていたが、その後は焼肉屋も鮨屋もフレンチもエスニックもイタリアンも、ひと通り連れていかされた。食事そのものより、高級店に恭《うやうや》しくエスコートされるのが好きなのだ。

プレゼントをさせるのもうまい。気に入った服やアクセサリーを見つけると、わたしがお金持ちだったらすぐ買うのに、と恨みがましくつぶやく。でも、わたしにもプライドがあるから男にせがんだりは絶対にしないという顔で店を出ていこうとするから、結局はなんでも買わされてしまう。

やはり金目当てなのだろうか、と何度も思った。

健一にしても、いまは一営業マンでそれほど懐《ふところ》が暖かいわけではないから、無闇に貢《みつ》ぐのは相当にこたえる。贅沢は贅沢を呼ぶので、どこまでいってもきりがない。それでも、彼女にいいところを見せたくてつい金を出してしまうけれど、もう少し経済観念をもってほしいものだ。

しかし……。

しかし、である。

そういったこととは別に、健一には愛されている根拠があるのだった。

決して口には出せないが、たしかな根拠が……。

だから、西村と話していても、もどかしさが募《つの》るばかりだった。

よっぽど言ってやろうかと思ったが、どうしても言えなかった。

健一と満里奈を結びつけている運命の赤い糸は、セックスなのである。

体の相性が抜群《ばつぐん》にいいのだ。

そんなことは、口が裂《さ》けても他人には言えない。

だが、間違っているだろうか。

いろいろとやっかいなところがある女と、セックスの相性がいいからというだけで結婚しようとしている自分は、人間としてなにかが欠落しているところがあるとでもいうのだろうか。

3

夕食が終わった。

オムハヤシライスとシーザーサラダは、カロリーと塩分さえ気にしなければ、かなり美味しかった。男をつかまえるなら胃袋をつかまえろという恋愛の手練手管《てれんてくだ》があるとしても、それがあざといとは思えない。美味しい食事をつくってくれる女を好きになってなにが悪いのか、と満腹の腹をさすりながら健一は思った。

「今日は金曜日だから泊まっていく？」

満里奈が食器を片付けながら訊《たず》ねてくる。

「いや、終電で帰るよ……」

健一は小声で答えた。できることなら朝まで一緒にいたいけれど、両親に恋人の存在を疑われると面倒なので、なるべく外泊はしたくない。

「そう……じゃあ、わたし、先にお風呂入るね」

「ああ。食器はそのままでいいよ。俺が腹ごなしに洗っておくから」

「ふふっ、ありがとう」

満里奈はエプロンをはずし、バスルームに向かっていく。

その後ろ姿を眼で追いながら、可愛いなあ、と健一は胸底でつぶやいた。

彼女の部屋着はいつも花柄のワンピースだった。さすがに新品ではなく、着古したものを部屋着におろしているようだったが、ハイウエストにパフスリーブ、丈は膝《ひざ》より少し上というラブリーなデザインが多い。事務服を着ているときでさえ花を飛ばしそうなほど可愛いのに、そんな格好をされたら胸が高鳴ってしようがない。

抱きしめたかった。

もちろん、焦《あせ》らずともその瞬間は確実にやってくる。時刻を確認すると、午後九時を少し過ぎたところだった。終電まではまだ、たっぷり二時間以上ある。

食器を洗い、布巾で拭《ふ》いて棚に戻していると、満里奈がバスルームから出てきた。入れ替わりにシャワーを浴《あ》び、部屋に戻った。

真っ暗だった。

いつものことだ。

超がつく恥ずかしがり屋である彼女は、すべての照明を消した状態でないとセックスに応じてくれない。カーテン越しにわずかに入りこんでくる外灯の光だけが頼りなので、眼が慣れるまで時間がかかる。

満里奈はベッドで待っていた。

健一は眼が慣れるのを待ちきれず、勘だけを頼りに近づいていく。なんとか布団にもぐりこむと、シャンプーの残り香や石鹸《せっけん》の匂《にお》いが鼻腔《びこう》を甘くすぐった。身を寄せて手を伸ばせば、火照《ほて》った肌の感触に息がとまる。

健一は腰にタオルを巻いただけだったが、満里奈は下着を着けていた。眼が慣れてきたので、可憐な花柄のブラジャーが見えた。

「……ぅんんっ！」

洗いたてのショートヘアを撫《な》でながら、口づけを交《か》わす。満里奈はうつむいて、なかなかディープキスに応じてくれない。

これも、いつものことだった。彼女は始めるのに時間がかかる。欲望のスイッチは乳首にあり、刺激してやればセックスモードに入るのだが、そこに至るまでゆうに十分くらいはかかるのだ。もはや始めるしかない状況なのに、ディープキスを拒《こば》み、乳房は両腕を交差してしっかりガードである。

だが、その羞《は》じらい深さがたまらない。

健一は満里奈を抱きしめ、乳房以外の素肌にやさしく手のひらを這《は》わせていく。腹部からウエスト、ヒップ、太腿《ふともも》、どこの素肌もすべすべで撫でているだけでうっとりしてくる。満里奈は小柄だが、肉づきがいい。決して太っているのではなく、むちむちしている。とくにヒップは丸々と実った桃尻で、ショーツに包まれた上から撫でまわしても激しく興奮してしまう。

早く脱《ぬ》がしてしまいたいが、ブラジャーより先に脱がすわけにもいかず、ショーツ越しにヒップを撫でまわしながら口づけを続ける。唇から耳、首筋や肩に、チュッ、チュッ、と音をたてながらキスを浴びせ、再び唇に戻る。

その気になってきた満里奈が、ようやく口を開いてくれる。健一はすかさず舌を差しこむ。ねっとりとからめあい、口内を舐《な》めまわす。満里奈の歯は小さくて可愛いから、そこまで丁寧《ていねい》に舌を這わせてやる。

「んんっ……うんああっ……」

呼吸が高まってきても、乳房はまだ両腕でしっかりガードしたままだ。

健一は二の腕をさすりながら、じわじわと両腕をほどいていく。ブラジャー越しに乳房を揉《も》みしだきつつ、キスを深める。唾液《だえき》と唾液を交換するような熱っぽい舌吸いに、満里奈の両腕から力が抜けていく。

そろそろOKらしい。

健一は満里奈の上に馬乗りになると、背中のホックをはずした。ブラジャーのカップの下に両手を忍びこませ、生のふくらみをやわやわと揉んだ。焦ってはいけない。満里奈は獣欲を剝《む》きだしにした男が嫌いなのだ。乳房だけではなく、背中や腕にも丁寧に手のひらを這わせてから、ブラジャーのカップをめくる。巨乳とまでは言えないが、お椀《わん》型の白い肉房が露《あら》わになる。

「いやっ……」

満里奈は羞じらって顔をそむけ、再び両手で乳房をガードしようとするが、健一はその手をしっかりと押さえた。

ふくらみの先端で清潔に咲いた乳首は、淡《あわ》い桜色をしている。見た目とは裏腹に、そこ

は満里奈のスィッチだった。舌先でチロチロと刺激しただけで、

「んんんっ！」

白い喉《のど》を突きだしてのけぞった。チロチロ、チロチロ、と左右の乳首を交互に舐めていくほどに、両手からは再び力が抜けていく。

健一は双乳を両手ですくいあげ、やわやわと揉みしだきながら、本格的に唇と舌を使いだした。物欲しげに尖りはじめた突起をねっとりと舐めあげては、軽く吸いたてる。吸っていないほうの乳首は、指で刺激している。唾液でネトネトにした状態で転がしては、爪《つめ》ではじく。

「んんんーっ！」

吸っているほうの乳首を甘嚙《あまが》みしてやると、満里奈は腰を反《そ》らせて身悶《みもだ》えた。限界まで尖らせた状態で、歯や爪など、硬《かた》いところで刺激されるのが彼女は好きだ。みるみるうちにハアハアと息をはずませ、暗い室内でもはっきりとわかるほど可愛い顔を生々しいピンク色に染めあげていく。

「や、やだっ……む、胸でっ……胸だけでイッちゃいそうっ……」

眼をつぶり、悶えながら言ったので、

「そんなことってあるの？」

健一は愛撫《あいぶ》の手をとめて訊ねてしまった。

満里奈が薄眼《うすめ》を開け、困惑顔で首をかしげる。

「たぶん……無理だけど……」

それほど感じていると言いたいらしいが、絶頂に近づくためには、やはり肝心《かんじん》な部分への刺激が不可欠なようだ。

健一は馬乗りの体勢から、再び横から身を寄せる格好になると、乳首をしつこく吸いたてつつ、右手を彼女の下半身へと這わせていった。

プロポーション維持《いじ》に気を遣っているのだろう、満里奈はいつも、生地《きじ》が厚めで覆《おお》う部分も広いショーツを愛用している。セクシー度にはやや欠《か》けるものの、なんだか貞操《ていそう》観念が強そうで、健一はそれが嫌いではなかった。

しかも彼女は、じっくりと乳首を愛撫してやれば、厚めの生地越しにもはっきりとわかるほど、股間《こかん》から熱気を放つ。

健一は敏感な内腿を撫でさすり、両脚を開かせた。手指に伝わってくる熱気がいつも以上だったので、興奮に拍車《はくしゃ》がかかる。けれども急いで脱がすことはしない。まずはショーツの上から女の割れ目をなぞりたてる。ツッーッ、ツッーッ、と下から上に、アヌスからクリトリスにかけて執拗《しつよう》になぞりたてていくと、満里奈の体は小刻みに震えだした。

「なあ……」

健一は乳首から口を離し、ささやいた。

「舐めても、いいかな？」

「……えっ？」

息をはずませていた満里奈が、ぼんやりと眼を開く。その瞳《ひとみ》はねっとりと潤《うる》みきり、欲情の高まりを伝えてきた。

部屋を真っ暗にしなければセックスできないほど恥ずかしがり屋の満里奈は、クンニリングスを大の苦手にしていた。忌《い》み嫌っていると言ってもいいほどで、いままで付き合った男にも、誰ひとりとしてそれを許していないという。

しかし、そうであるなら、是《ぜ》が非でもやってみたくなるのが男という生き物だった。健一はとくにクンニリングスが好きでもないし、得意でもないけれど、生まれて初めて満里奈の恥部を舐めた男になってみたかった。

いままでも何度か頼んでみたものの、答えはいずれもNOだった。だが、いずれYESと言わせてみせると胸に誓《ちか》い、じっくりと丁寧な愛撫を心がけてきたのである。

「なあ、いいだろう？」

嫌われてしまっては元も子もないので、無理強《むりじ》いはしないようにしていた。しかし、今日はなんとなく手応《てごた》えがある。欲情の高まりがいつも以上なので、勢いでさせてくれるのではないかと直感が働いた。

「気持ちよくなってもらいたいんだよ、満里奈に……」

「……見ないって約束する？」

悔しげに放たれた満里奈の言葉に、健一は小躍《こおど》りしそうになった。

「するよ、約束する」

「じゃあ……布団の中でなら……」

「ＯＫ！」

健一は激しく胸を高鳴らせながら、布団の中にもぐった。カーテンの隙間《すきま》から入りこむ外灯の光さえ届かない布団の中は、正真正銘《しょうしんしょうめい》の真っ暗闇だった。

しかし、それでも胸の高鳴りは激しくなっていくばかりだ。なにしろ、満里奈の恥部を舐めまわした、初めての男になれるのである。

布団の中は真っ暗闇でも、匂いがした。どちらかと言えば満里奈は、匂いの薄い体質なのだが、布団の中にこもっていることと、視覚に頼れないぶん嗅覚《きゅうかく》が敏感になっているせいで、発情のフェロモンが生々しく鼻腔の奥に入りこんできた。獣《けもの》じみた匂いに、欲情の熱気と湿気がブレンドされたそれを、あの可愛い満里奈が漂わせていると思うと、興奮のあまり口内に大量の唾液があふれてきた。

ごくり、と生唾を呑みこんでから、ショーツを脱がした。見えなくてもそこに満里奈の恥部があることは、さらに濃厚になった匂いでわかった。女の部分が熱く疼《うず》いている気配を、はっきりと感じとることができた。

「に、匂いも嗅《か》がないでよ……」

満里奈が布団越しに頭を押さえつけてきたので、

「ああ、嗅がないよ……そんな匂わないし……」

健一はシレッと答えたが、もちろん嗅がないわけにいくはずがなかった。満里奈の両脚の間に顔を近づけると、音をたてないように注意しながら、鼻から深く息を吸いこんだ。いやらしいとしか言いようのない匂いに、眩暈《めまい》がするほど興奮してしまった。

4

それにしても夢のような展開だった。

満里奈はかつて、明るい部屋の中で強引にセックスを始め、両脚の間をのぞきこもうとした恋人を、それが理由で振ったことがあるらしい。

つまり、欲情による勢いもあるのだろうが、クンニリングスを許すということは特別な事態なわけで、自分は特別な男ということだろう。

興奮と同じくらいの幸福感を覚えながら、健一は震える舌を差しだした。見えなくても、舌の届く距離に満里奈の大切な部分があることはわかった。

そうっと舌先を触れさせると、

「んんんっ！」

満里奈は激しく身をよじった。いささか大げさすぎる反応だったが、生まれて初めて舐められるのだから、敏感になって当然である。激しく緊張し、恥ずかしくてたまらなくてもしかたがない。

健一は逃げられないように満里奈の両腿を抱えこみながら、チロッ、チロッ、と舌を触れさせた。くにゃくにゃした感触から察するに、舐めているのは花びらだった。しかも、かなり小さいようで、チロチロチロッ、チロチロチロッ、と舌先を横に動かすと、つるつるした粘《ねん》膜《まく》を感じた。

思いきって舌腹をベロリと這わせてやると、

「いっ、いやあああああっ……」

満里奈は布団越しに頭を叩いてジタバタと暴れたが、かまっていられなかった。

美味しかったからだ。

これも体の相性のよさのひとつなのか、他の女でそんなことを思った記憶はない。我慢しながらサービスするのが常だったが、満里奈の場合は、率直《そっちょく》に美味しかった。匂いと味は別として、採《と》れたての赤貝のイメージだろうか。恥部を初めて舐めた男になりたいという欲望など吹っ飛んでしまうほど、新鮮な舐め心地に驚いてしまった。

「あああああっ……はぁあああっ……」

つるつるした粘膜を舐めまわしてやると、満里奈の声は高まり、呼吸が激しくはずみだした。どんな顔をしてあえいでいるのか想像すれば、舌の動きにも熱がこもる。奥からあふれてきた蜜《みつ》が口の中に入りこんでくる。

すごい濡《ぬ》れ方だった。おまけに両手で抱えた太腿が、ぶるぶるっ、ぶるぶるっ、と絶え間なく痙攣《けいれん》している。

感じていることは間違いなさそうだった。

ならば、もっと敏感なところを責めさせてもらおう。

満里奈がクンニリングスを苦手な理由は、恥ずかしさに加えて、クリトリスが敏感すぎるからでもあるらしい。指で愛撫しているときでも、時折感じすぎて痛がることがあった。慎重《しんちょう》に舐めなければならなかった。

　こうなると、真っ暗闇の中という条件が疎《うと》ましかった。視覚で確認できれば、包皮を剝《は》がないように注意して、まわりから舐めることもできただろうに、なにも見えなくてはそこまで気を遣えない。

　しかし、そんなことを言っていても始まらないので、舌先で割れ目を下から上になぞっていった。肉の合わせ目の上端あたりでそれらしき突起を発見すると、舌を裏返して丁寧に舐めまわした。ざらついた舌腹より、つるつるした裏側のほうが刺激が弱いだろうと思ったからである。

「ひいいっ！」

　満里奈が悲鳴をあげて腰を跳《は》ねあげたので、

「大丈夫？」

　健一はすぐに舌を離した。

「……う、うん」

　満里奈が心細げな声を返してくる。

「痛かったらすぐに言ってくれよ」

「……ありがとう」

　どうやら平気そうなので、健一は再び、舌の裏側を使って舐めはじめた。けっこうきつい作業だった。舌の裏側を使うことなんて滅多《めった》にないし、表面を使うより舐めている実感が薄いからだ。

だがやがて、そんなことは忘却《ぼうきゃく》の彼方《かなた》へと消えていった。

満里奈の反応がそうさせた。

「ああっ、いやっ……いやいやいやあああっ……」

激しく身をよじり、ビクビクと腰を跳ねあげるその反応は、いままでの前戯《ぜんぎ》ではお目にかかったことのないものだった。羞恥心《しゅうちしん》はあっても、やはり舌の刺激はたまらないらしい。

布団の中に熱がこもり、暑くてしかたなかったが、健一は顔中を汗まみれにして舌を踊らせた。そうしつつ、指では割れ目をいじりだす。したたるほどに濡れた蜜壺に、ヌプヌプと指を差しこんでやる。浅瀬をねちっこく搔《か》き混ぜてから、根元までインサートしていく。

「はっ、はぁあああああーっ！」

満里奈が甲高《かんだか》い悲鳴をあげ、全身をこわばらせた。健一は、性器の挿入にも匹敵《ひってき》する快感を感じていた。指が性感帯になったわけではなく、女体を支配している実感がたしかにあった。

　さらに指を動かして、上壁のざらついた部分——いわゆるGスポットをぐっと押しあげた。と同時に、クリトリスを舐める作業も続行すれば、満里奈はもう、健一の思いのままだった。

「ああっ、ダメッ……おかしくなるっ……変になっちゃうっ……はっ、はぁあああああーっ！」

　満里奈は涙に潤んだ声をあげながら、淫《みだ》らがましく腰を振ってくる。ヴィーナスの丘を挟《はさ》んで、内側と外側の急所同時攻撃に、あられもなく溺《おぼ》れていく。

　どんな姿で乱れているか、見てみたかった。

　しかし、責めれば責めるほど潤みを増していく蜜壺が、それを許してくれない。もっと刺激が欲しいと、濡れながら指を食い締めてくる。涎《よだれ》じみた発情のエキスをしとどに漏らして、健一の右手をびしょ濡れにしていく。

　もしかして潮《しお》でも吹くんじゃないか、そう思った瞬間だった。

「ダ、ダメえええええーっ！」

　満里奈が絶叫《ぜっきょう》して体をひねった。両脚を閉じて、健一の舌と指を振り払った。

「……どうしたんだよ？」

　健一は布団から顔を出し、イキそうだったんだろ、というニュアンスで訊ねた。

ませている。

満里奈は恥ずかしそうに体を丸め、両手で自分を抱きしめながら、ハアハアと息をはず
「そんなの……いやだもん……」

自分だけ先にイクのは恥ずかしいと濡れた瞳で訴《うった》えると、彼女は反撃に出た。健一の体をあお向けに横たえ、両脚の間で四つん這いになった。

フェラチオの体勢だ。

ひどく意外だったのだが、満里奈は男根を舐めることに嫌悪感《けんおかん》を示さなかった。クンニリングスが苦手なのは羞恥心のせいで、フェラチオは自分が奉仕して男が悶えるのだから恥ずかしくない、ということらしい。

お互いに感じさせあうのがセックスの本質だと思っている健一にはよくわからない理屈だったが、舐めてもらうのを拒む理由はもちろんなかった。舐めてほしかった。部屋が暗すぎるのが残念だが、満里奈がおのが男根を舐めているところを眺《なが》めるたび、男に生まれてきてよかったと思った。

「ぅんああっ……」

「ううっ……」

満里奈が舌を伸ばし、男根の裏から舐めはじめる。彼女の舌使いは遠慮《えんりょ》がちで、テクニ

ックはそれほどでもなかった。

しかし健一は、いつも顔を真っ赤にして興奮してしまう。

まず、四つん這いの格好がたまらなくいやらしい。猫のポーズというか、獣のポーズというか、裸身で尻を突きあげ、男根に顔を近づけられるだけで、視線を釘づけにされてしまう。

さらに、舐めはじめれば下に垂れた乳房が揺れる。硬く尖った乳首が太腿にあたり、興奮に拍車をかけてくる。

もちろん、たとえ遠慮がちでも、フェラチオそのものも、最高に心地よかった。

「ぅんあっ……ぅんぐぐっ……」

ひとしきり肉竿や亀頭に舌を這わせると、満里奈はやがて先端を口に含む。顔が小さく、口も小さいので、深くは咥《くわ》えこめないのだが、生温かい口内粘膜を敏感な亀頭で味わえるのは至福のひとときと言っていい。

「ぅんぐっ……ぅんぐぐっ……」

満里奈は自分にテクニックがないことを理解しているから、一生懸命舐めてくれる。それがいいのだ。遠慮がちに動く舌や唇から、愛情がビンビンと伝わってくる。

いつまでも舐められていたい、と健一は思う。

いっそ時間がとまってほしいとさえ願う。

だが、いつもすぐに我慢できなくなってしまう。

満里奈が亀頭をしゃぶりはじめて一分もしないうちに、

「なあ……」

と声をかけてしまう。こみあげてくる肉欲に息を呑み、うっとりと眼を細めて熱っぽくささやく。

「もう欲しい……」

「ええっ、もう？」

満里奈が不満そうに唇を尖らせる。

「もっと舐めてあげるのに……」

「いいんだ、満里奈が欲しい……」

乱れたショートヘアを撫でてやると、

「……うん」

満里奈は恥ずかしそうにうなずき、健一の腰をまたいできた。騎乗位でも上体を起こさないのが彼女だった。結合部が見えるようなことは間違ってもしない。

しかし、それでいいのだ。

「んんっ……」

満里奈が羞じらいながら男根をつかみ、切っ先を女の割れ目に導いていくだけで、健一は胸の高鳴りを抑《おさ》えきれなくなる。

いよいよ彼女と繋がれるのだ。

他のすべてに眼をつぶってもいいと思えるくらいの、体の相性を味わうことができるのである。

5

「あああっ……」

満里奈がゆっくりと腰を落としてくる。ぴったりと密着した男の切っ先と女の割れ目が、凹凸《おうとつ》を嚙みあわせて繋がっていく。

「むううっ……」

健一は唸りながら、満里奈の尻の双丘をつかんだ。急な結合を抑えるためだ。一刻も早く結合したい反面、それを焦《じ》らしたい自分もいる。ゆっくりと結合したほうが満里奈も燃えるようなので、下から腰を使い、肉と肉とを馴染《なじ》ませる。

蜜壺は奥の奥まで濡れていたので、くちゃっ、くちゅっ、と音がたち、

「いっ、いやっ……」

満里奈が羞じらって首を振る。いっそ早く貫かれてしまいたいと、すがるような眼で見つめてくる。

それでも健一は、なかなか最後まで結合させない。両膝を立て、腰の動きを自由にできる状態にして、下からじっくり責めたてる。満里奈の腰を中途半端な位置に押さえたま、ヌプヌプと浅瀬を穿《うが》つ。

「くぅうっ……くぅううっ……」

満里奈が首に筋を浮かべてうめく。いくら暗いと言っても、息がかかるほど顔と顔とが接近しているから、表情はうかがえる。せつなげに眉根《まゆね》を寄せ、眼の下をねっとりと紅《こう》潮《ちょう》させた顔がいやらしすぎる。

「……ぅんんっ！」

首を伸ばし、キスをすると、満里奈は積極的に舌を差しだしてきた。チロチロと舌先を動かし、切迫《せっぱく》した心情を伝えるようにからめあわせてきた。

「ぅんんっ……ぅんんっ……」

健一もからめ返しながら、じわり、じわり、と結合を深めていく。勃起《ぼっき》しきった男根

を、熱く濡れた肉ひだがぴったりと包みこみ、吸いついてくる。

根元までずっぽりと埋めこむと、満里奈はキスを続けられなくなり、喜悦《きえつ》に歪んだ声をあげた。

「……あああっ！」

声をあげたいのは、健一も同様だった。セックスにおける体の相性を、一概《いちがい》に語ることはできないだろう。しかし、性器のサイズと角度という物理的な条件が、その多くを占《し》めるのは間違いのないところではないだろうか。

健一と満里奈の性器は、ぴったりと合致《がっち》した。結合した段階ではっきりとそれがわかるほど、眼もくらむような一体感が訪れ、動く前から感極《かんきわ》まりそうになってしまう。声を出すかわりに、つかんだ尻の双丘に指を食いこませれば、

「あああっ……あああっ……」

満里奈もきりきりと眉根を寄せてあえいだ。彼女もまた、感極まりそうになっているのだった。

動くのが怖かった。

ただ挿入しただけで涙が出るほど気持ちがいいのに、動きだしたらいったいどうなってしまうのだろう。

もちろん、健一も満里奈も、すでにその答えは知っていた。知っていておののいてしまうほどの桃源郷《とうげんきょう》が、そこから先には待っているのだ。

健一は満里奈の桃尻を撫でまわし、手のひらをウエストから脇腹へとすべらせた。すぐ目の前にある双乳を両手ですくいあげ、やわやわと揉みしだいた。

先端の乳首をチュウッと吸うと、

「くぅうっ！」

満里奈は鋭く腰をひねった。凹凸を嚙みあわせた男女の性器がくちゅっと音をたてこすれあい、それが律動《りつどう》の呼び水となる。恐るおそるという感じで、満里奈が腰をまわしはじめる。ずちゅっ、ぐちゅっ、と肉ずれ音が次第《しだい》に生々しくなっていき、満里奈の腰使いに熱がこもるまでそれほど時間はかからない。

「あああっ……はぁあああっ……」

ショートヘアを振り乱す満里奈の腰の動きは、ピストン運動とは少し違う。男根を深く咥えこんだまま、股間を前後に動かす感じだ。

健一は満里奈の動きに身を委《ゆだ》ねながら、左右の乳首をじっくりと吸いたてる。結合しながら乳首を刺激されると、満里奈はことさらに感じるらしい。

可愛い顔をしてそういうことをはっきり言うのが、彼女のいいところだった。健一は満里奈に感じてほしかった。激しく乱れてもらいたかった。男としてのプライドとか、征服欲のためではない。自分をこれほど気持ちよくしてくれる相手に、同じ気持ちになってもらいたいからだ。

「あぁうううーっ！」

乳首を甘嚙みしてやると、満里奈は喜悦に声を歪ませた。あまり嚙みすぎると数日間ひりひりするらしいが、この期《ご》に及んで拒んだりはしない。ねちっこく嚙んで舐めて吸うほどに、満里奈は淫らに発情していく。ずちゅぐちゅっ、ぐちゅぐちゅっ、という卑猥《ひわい》な肉ずれ音を羞じらうことさえ忘れ、肉の悦《よろこ》びを謳歌《おうか》しはじめる。

「むううっ……」

健一も、我慢できなくなってきた。満里奈の動きに身を委ねているだけでは満足できなくなり、再び両手を尻の双丘に戻していく。むちむちした尻肉に指を食いこませて揉みしだきながら、下から律動を送りこんでやる。

「はっ、はぁあああぁーんっ！」

満里奈の声音が変わったのは、刺激の種類が変わったからだ。彼女は上体を被《かぶ》せたまま尻を上下に振りたてることができない。どうしても前後の動きになってしまうので、下から突きあげられるとことさらに感じるのだ。

「むううっ！　むううっ！」

健一が膝のバネを使ってピストン運動を送りこめば、亀頭が子宮に届く。ずんずんと連打を浴びせることができる。

「ああっ、いいっ！　すごいいいいいいーっ！」

満里奈が首に手をまわし、しがみついてくる。白い素肌が熱く火照り、じっとりと汗ばんでいる。それが健一の肌も熱くする。甘ったるい汗の匂いを振りまきながら身をよじる満里奈を、ぐいぐいと突きあげてやる。尻肉の形が変形するほどむぎゅむぎゅと指を食いこませて、勃起しきった男根を抜き差しする。

下から抱きしめてやりたかったが、いま尻の双丘から手を離すことはできない。左右の尻肉を寄せたり離したりすることで、結合感を調整できるからだ。満里奈と恋人同士になって初めて気づいたテクニックだったが、効果は絶大だった。

左右の尻丘を思いきり寄せて突きあげれば、密着感があがって満里奈はあえぎにあえぐ。離すと結合感がゆるみ、分泌液《ぶんぴつえき》の粘《ねば》り気が増したようになって肉ひだが吸いついてくる。

「はぁあああっ……はぁあああっ……」

満里奈の呼吸がにわかに切迫してきた。

「ね、ねえイクよっ……もうイキそうよっ……」

「いいぞ、イッても……」

健一はうなずき、腹筋に力をこめた。こちらのほうに余裕があるのは、いつものことだった。満里奈を先にイカせて、後から存分に射精する。そのほうが興奮の度合いが高い。絶頂に達した満里奈の抱き心地は、いつだって健一を有頂天《うちょうてん》にさせる。

「ああっ、ダメッ……もうダメッ……」

満里奈が激しく身をよじりだした。下からずんずんと突きあげる健一のリズムに逆《さか》らって、左右に腰を振りたてる。少しでも摩擦を強め、快楽を大きなものにしようとするその動きはいじらしいほどで、健一の胸は熱くなる。

「はぁあああっ……イッ、イクッ……イクウウウウウッ……はぁあうううううううう一っ！」

ビクンッ、ビクンッ、と腰を跳ねさせ、喜悦を噛みしめるように身をよじった。健一が尻の双丘をしっかりつかんでいなければ、ベッドの下に転げ落ちてしまうような勢いで暴れ、オルガスムスに駆けあがっていく。

「はぁあああっ、いいいいっ……すごいいいいいいいいっ……」

息をとめ、汗ばんだ五体をぶるぶると痙攣させながら、満里奈は肉の悦びをむさぼった。頂点に達した瞬間、いったん動きをとめてやることもあるのだが、健一もそのままピストン運動を続行した。

健一自身も射精をこらえきれなくなってしまったからだ。

いったん動きをとめた場合、あらためて正常位で続けるのがいつものパターンなのだが、今日はその余裕がなかった。このまま放出したいという衝動が、抗《あらが》いがたい勢いで全身を支配し、下から突きあげるのをやめることができない。

「こ、こっちも……こっちも出すぞっ……」

顔の中心が燃えるように熱くなっていくのを感じながら、健一は声を絞った。恍惚《こうこつ》への期待で、五体の肉という肉が小刻みに震えだしていた。

「ああっ、きてえっ……たくさん出してえええっ……」

あられもなく乱れながら、満里奈が叫ぶ。健一が動きをとめないので、オルガスムスの頂点にそのままいるらしい。あえぎ声の音量が、イク前とは別人のように大きい。恥ずかしがり屋でいることができないくらい、獣の牝《めす》になっている。可愛い顔を淫らなまでに紅潮させ、半開きの唇からいまにも涎さえ垂らしそうだ。

「で、出るっ……もう出るっ……おおおうううーっ！」

雄叫《おたけ》びとともに最後の一撃を突きあげて、満里奈の尻を持ちあげた。男根を蜜壺から引き抜いて、右手でつかんでしごきたてた。

「おおおおっ……おおおおううーっ！」

ドクンッ、ドクンッ、と男の精を噴射するたびに、身をよじらずにはいられない痛烈な快感が訪れた。声もこらえきれなかった。射精をしながら声をあげるなどという行為《こうい》を、他の女に見せたことはない。

だが、満里奈が相手だと、とことん欲望に忠実になれた。

愛おしさがめくれかえり、欲望の修羅と化すこの一瞬にセックスの本質があるなら、他の女としていたことはままごとのようなものだと思った。満里奈になら、すべてをさらけだすことができた。彼女にも、すべてをさらけだしてほしかった。

そんなふうに思える女は、三十年近く生きてきて満里奈が初めてだった。

だから、結婚したいと思っている自分が間違っているとは思えなかった。

そして外にではなく、中で出したい。

最後の瞬間までひとつに繋がっていたい。

彼女の中で放出する射精はきっと、気絶するほど気持ちがいいものに違いない。

そう思いながら、最後の一滴まで漏らしおえた。

男根から手を離し、満里奈をきつく抱きしめた。

お互いにハァハァと息があがっていたが、満里奈も健一にしがみついてきた。
快楽の余韻《よいん》とあふれる愛情が、闇の中に溶けていく。
喩《たと》えようのない幸福感で、胸がいっぱいになった。
全世界の男たちがこの気分を共有できれば、戦争なんて簡単になくなるに違いない。
そんなことを思いながら、いつまでも満里奈を抱きしめていた。

第二章　嫌われ者の彼女のために

1

　翌日の朝、健一は眼を覚《さ》ますと、冷水で顔を洗って気合いを入れ、全身に緊張感をみなぎらせてダイニングキッチンへ向かった。

「おはよう」

「おう……」

　父の隆一郎は新聞を読みながら答え、

「あら、今朝《けさ》は早いのね」

　配膳《はいぜん》をしていた母の真枝が、茶目っ気たっぷりに眼を丸くした。

　四人がけのテーブルで、まず食事をするのは隆一郎と健一で、真枝は後からゆっくり食べる。二年ほど前までは姉も実家にいたのだが、嫁《よめ》に行ってしまったので少し淋《さび》しくなった。

健一は両親にとって遅い子供だったから、隆一郎も真枝も古希《こき》が近い。ふたりの顔を見るたびに、早く所帯をもって孫を抱かせてやりたいと思う。嫁を娶《めと》って孫が生まれれば、この家はいまよりずっと賑《にぎ》やかになるだろう。

「ちょっといいかな」

健一は背筋を伸ばし、正面にいる隆一郎を真《ま》っ直《す》ぐに見た。

「……んっ？」

父親は新聞を置き、老眼鏡をずらしてこちらをのぞきこんできた。

「なんだ、あらたまった顔で……」

「実は紹介したい人がいる」

健一の言葉に、朝食の席は一瞬、凍《こお》りついたように固まった。

「もしや結婚相手か？」

隆一郎の顔が紅潮《こうちょう》し、

「本当なの、健一……いまの話……」

真枝はキッチンから飛びだしてきて、エプロンで手を拭《ぬぐ》いながら隆一郎の隣に腰をおろした。

「まだ具体的な話はしてないけど……」

身を乗りだした両親に向かって、健一は粛々《しゅくしゅく》と言葉を継《つ》いだ。

「僕は結婚を前提に交際してるつもりでいる。だから、きちんと紹介しておきたい」

「……なあんだ」

隆一郎は笑い、安堵《あんど》の溜息《ためいき》をもらした。

「彼女なんていないふりして、やっぱりちゃんといたんじゃないか」

「最近、付き合いはじめたんだ……」

健一はおずおずと続けた。

「結婚しようって腹を決めたのも、ここ数日のことで……」

「どんな人なの？　年は？　仕事は？　出身は東京？」

真枝が矢継《やつ》ぎ早《ばや》に質問してきたので、

「年は三つ下で、ちゃんとした会社のＯＬさ……まあ、詳しいことは会ったときでいいだろ」

健一は曖昧《あいまい》に言葉を濁《にご》した。さすがに自社で机を並べている女子社員とは言いづらかった。

「いつ連れてこられるんだ？」

「それはこれから調整する。向こうの都合《つごう》もあるだろうし」

「そうか……」

隆一郎は嬉《うれ》しそうに眼を細め、真枝とうなずきあった。

「どんな人を連れてくるか知らないが、まあ、基本的にはおまえが選んだ人だ。たぶん、いい人なんだろう」

「大丈夫なの、あなた、そんなこと言って……」

真枝が悪戯《いたずら》っぽく笑う。

「お母さんは、うまくやっていける人がいいなあ。まわりに気を遣える控《ひか》えめなお嫁さんなら、可愛《かわい》がってあげるんだけどなあ」

「いまどきそんな都合のいい嫁がいるもんか」

隆一郎が苦笑する。

「おまえのほうが合わせないと、姑《しゅうとめ》が鬼だって家出されるのがオチさ」

「あら、やだ……」

両親が楽しげに笑いあっている前で、健一の顔はひきつっていくばかりだった。

表面的には柔和《にゅうわ》なふたりだが、中身は古風で頑固者《がんこもの》だ。

健一が誰を連れてこようとも、嫁がイメージ通りの言動をしなければ、臍《へそ》を曲げるに決まっている。

そして一方の満里奈も、頑固さなら負けていない。

少なくとも、新婚時代は実家とは別居を求めてくるだろうし、姑の過剰《かじょう》な干渉《かんしょう》に黙っているほど弱い性格でもない。

どこをどうシミュレーションしても、両親と満里奈が意気投合、というシナリオは思いつかなかった。

それでも引きあわせることにしたのは、何事もやってみなければ結果はわからないと思ったからである。

昨夜、セックスを終えたあと、汗ばんだ満里奈の素肌を撫《な》でながら、自分はこの女と結婚したいのだとしみじみと思った。

たかがセックス、と人は笑うかもしれないけれど、いままで生きてきて満里奈を抱いているときほどの歓喜を味わったことがないのだから、自分としては納得の結論だった。

こちらは会社を継がなければならない宿命を背負《せお》っているし、その宿命の中で満里奈をうまくコントロールできる自信もなかったけれど、彼女が好きでたまらないのだ。これだけは、誰に訊《たず》ねられても胸を張って言うことができる。

恋愛と結婚は別などと、クールに割りきることはできなかった。好きだということは、すべてが欲しいということだ。彼女の未来を独占し、他の男には指一本触れさせない状況をつくるためには、結婚するしかないではないか。

ならば、挑戦する前から、グズグズと愁《うれ》えているのは愚《おろ》かな話だった。

「すごく、よかった……」

昨夜の事後、健一は甘くささやき、キスをした。

「わたしも……」

満里奈がキスを返してくれる。

「なんだか、するたびによくなっていくみたい……怖いな、このままどんどん気持ちよくなっていったら……」

「べつに怖くなんてないじゃないか……」

健一は笑った。

「いいことだろう？　気持ちよくなっていくのは……」

「そうだけど……」

「なあ……」

視線を合わせ、息を呑《の》んだ。

「今度、うちの両親と会ってくれないか？」

「……えっ？」

オルガスムスの余韻《よいん》で紅潮していた満里奈の頬《ほお》が、にわかにこわばった。

「俺もそろそろ三十だし、付き合ってる人がいるなら紹介しろって、せっつかれててね……」

「そ、それって……」

満里奈が言いかけた言葉を健一は制した。

「あんまり堅苦《かたくる》しく考えなくていいんだ。でも俺は、いい加減な気持ちで付き合ってるわけじゃないから。真剣に、その……結婚とか……そういうことも視野に入れて交際してるつもりだから……」

満里奈はしばらく言葉を返してこなかった。何度も息を呑みながらチラチラと上目遣いを向けてきては、やがて健一の胸に顔を埋《うず》め、嚙《か》みしめるように言った。

「……嬉しい」

健一の胸は熱くなった。もしかすると彼女に、あなたとなんか結婚するつもりはないと一蹴《いっしゅう》されるかもしれないと思っていたのだ。

だが、勇気を出して言ってみてよかった。

満里奈は健一の胸に顔を埋めながら、小刻みに震えていた。喜びにむせび泣いていた。

これほど喜んでもらえるなら、なぜもっと早く結婚の意思を伝えなかったのだろうと、後《こう》悔《かい》してしまったくらいである。

やはり、何事も一歩前に足を踏《ふ》みだしてみなければわからないことだってあるのだ。一見、うまくいかなそうな両親と満里奈だって、会ってみれば案外意気投合するかもしれない。可能性はゼロではない。そりが合わなかったなら合わなかったで、そのときは知恵《ちえ》を絞《しぼ》って対処法を考えればいいだけのことではないか。

なによりも重要なのは、満里奈と結婚したいという自分の気持ちだった。

それを大切にしたかった。

人生は山あり谷ありで、どんな相手と結婚したって、いいときもあれば悪いときもある。

ならば、原点にあふれる愛情がほしかった。

この先どんな困難があったとしても、満里奈が最高のセックスを教えてくれた相手だと思えば、すべてを許せそうな気がした。

2

笑顔の両親に送りだされて、健一は意気揚々《いきようよう》と会社に向かった。

もちろん、父の隆一郎も同じ会社に行くのだが、向こうは社長だから社用車が迎えにくる。

会社の玄関で、満里奈とばったり顔を合わせた。

珍《めずら》しいことだった。

両親に紹介する件の話をしたと伝えたかったが、まわりに人がいてはできるはずがない。秘密主義を貫《つらぬ》いているので、お互い笑顔すら見せない。エレベーターでふたりきりになれたらいいと思ったが、朝の出勤ラッシュでは望むべくもなく、ぎゅうぎゅう詰めの満員だった。

健一は壁にもたれて立ちながら、すぐ隣にいる満里奈を横眼で見た。

可愛いな、と思わず胸底でつぶやいてしまう。

満里奈はなに食わぬ顔でツンと澄《す》ましているが、そういう顔もまた素敵だ。オルガスムスに達するときの淫《みだ》らな百面相を思いだし、そのギャップに朝からむらむらしてしまう。

それにしても……。

これだけ可愛い子がどうして自分を好きになってくれたのか、不思議に思う。もちろん、健一だってできる限りの努力はした。彼女のわがままはなるべく受けとめ、器の大きい男であることをアピールするように努《つと》めてきた。

しかし、そんなことくらい、彼女ほどの女なら、どんな男にもされてきたのではないだろうか。

やはり、本心は玉の輿《こし》狙いなのだろうか。両親に紹介すると言ったとき、むせび泣きまでして喜んだのは、結婚こそが彼女の最終目的だったからか。

そう思うと、膝《ひざ》から力が抜けていきそうになる。

せめて、セックスの相性がいいからと思っておきたい。人には言えないことだけれど、そちらのほうが玉の輿狙いよりずっといい。結局は生まれもった家柄でモテているのでは、哀《かな》しくてやりきれなかった。とはいえ、セックスの相性以外で愛されている実感がもてないというのも、情けない限りだが……。

とそのとき、誰かと指が触れた。

満里奈の指だった。

何食わぬ顔をしながらも、満員のエレベーターの中でスキンシップは図《はか》ってくれたのである。

嬉しかった。

やはり彼女も、玉の輿云々《うんぬん》ではなく、男としての自分を愛してくれていると信じたい。

信じる者は救われると思っているわけではないけれど、騙《だま》しているのなら自分が死ぬまで騙し通してほしいとすら思ってしまった。

その日の午後のことである。

外まわりの営業から帰ってきた健一が廊下を歩いていると、給湯室の前で不穏《ふおん》な空気を察した。

「だから、どうしてあなただけお茶くみをしないのよ」

営業部のお局様《つぼねさま》的存在である、雪野彩子《ゆきのあやこ》の声だった。

「だって、わたしがやる前にしてる人がいるから……」

こちらは満里奈の声である。

健一は足をとめて耳をすました。

「誰かがやってたって、あなたも手伝えばいいじゃない？」

「あんたって、絶対人の仕事手伝おうとしないわよね？」

今度は湯本香織《ゆもとかおり》の声がした。

「そうそう、ひとりだけシレッと座ってて、ホント感じ悪いんですけど」

中井里沙《なかいりさ》の声までする。どうやら、営業部の女子社員三人全員で、満里奈ひとりを吊《つる》しあげているらしい。

「わたしだって、たまにはやってますよ。でも、お茶一杯淹《い》れるのに、ふたりも三人も席を立つのはおかしいじゃないですか」

「わたしたちが言ってるのは、気持ちの問題なの」

彩子が呆れたように言う。

「お茶だけじゃなくて、あなたは人がしているのを見て手伝おうって気がさらさらないの。そういう気持ちが顔や態度に露骨《ろこつ》に出てるの。あなたのせいで、営業部の空気が悪くなってるのわからないわけ？」

来るべきときが来てしまったと、健一は息を呑んだ。

常に険悪なムードでお互いを牽制《けんせい》しあっている彩子たち三人と満里奈が、ついに直接ぶつかってしまったのだ。

なるほど、彩子たちの言い分もわからないではない。

男の健一の眼から見ても、満里奈のマイペースぶりには驚かされる。先輩の顔色をまったくうかがわないし、気を遣わない。たしかに、お茶一杯淹れるのに何人も席を立つのは非合理的かもしれないが、コピー取りでも、消耗品《しょうもうひん》の交換でも、「なにかお手伝いしますか」のひと言が足りないのだ。

それでは先輩が苛立《いらだ》つのも当然だった。そのくせ、満里奈を気に入ってる役員や取引先の人間が相手だと、キャピキャピしながら率先《そっせん》してお茶を淹れたりするから、彩子たちの神経を逆撫でするのである。彼女自身にそういうつもりはないのかもしれないが、傍《はた》から見ていても悪いのは満里奈に思える。

だが、いまはそんなことを言っている場合ではなかった。

たとえ満里奈が悪くても、ここで助けなければ恋人とは言えない。体を張ってでも守らなくては、男がすたるというものだ。

「ゴホッ！　ゴホッ！」

わざとらしく咳払《せきばら》いをしながら、給湯室に入っていった。

眼を吊《つ》りあげて睨《にら》みあっていた四人の視線が、いっせいに健一に向いた。あまりの迫力に泣きそうになったが、歯を食いしばって笑顔をつくる。

「水、飲んでもいい？」

食器棚からグラスを取り、蛇口《じゃぐち》から水を汲《く》みはじめると、満里奈はこれ幸いと給湯室を出ていった。心の中で舌打ちをしているような表情で、香織と里沙もそれに続く。

彩子がひとり残り、健一が水を飲む様子を見守っていた。

「どうして邪魔するの？」

彩子は三十五歳で、フェロモン系の美人だ。すらりと背が高いのに、尋常ではないグラマーなボディをしている。事務服のベストのボタンをはじき飛ばしそうなくらい胸が大きいし、タイトスカートに包まれたヒップはそれ以上の迫力だ。

とはいえ、性格的にはサバサバした姉御肌《あねごはだ》なので、会社の跡継ぎ息子である健一に対しても臆《おく》するところがない。ある意味、非常に付き合いやすいタイプであり、以前は他のふたりも含めてよく飲みにいっていた。しかし、満里奈と犬猿の仲というのがつらいところで、最近は誘いの声もかけてない。

「べつに邪魔なんてしてませんよ……」

健一がとぼけた顔で言うと、

「嘘《うそ》ばっかり」

彩子は唇を尖《とが》らせた。

「助けたってことは、健一さんも満里奈の味方なわけ？」

健一は社内で、ファーストネームで呼ばれている。社長はもちろん、役員の中にも本山姓の親戚《しんせき》がいるからだ。

「いや、その……そうじゃなくって、彩子さんにちょっと話があったから……」

「なーに？」

「たまには飲みにいきましょうよ、営業部の女子みんな誘って」

健一が笑顔で言うと、

「お誘いは嬉しいけど……」

彩子はふっと鼻で笑った。

「みんなじゃ嫌かな。一緒に飲みたくない人がひとりいる」

もちろん、そんなことくらいわかっていた。

「香織ちゃんと里沙ちゃんと、四人で飲みましょう。それならいいでしょ？　なんでもご馳走《ちそう》しますから」

「ふーん」

彩子が意味ありげな眼つきで見つめてくる。

「どんな話をされるのか、だいたい察しがついちゃうんですけど……」

「まあまあ……」

健一は苦笑した。

「とにかく、ふたりに声をかけておいてください。一緒に飲みたくない人にはこれで……」

唇の前で人差し指を立て、給湯室をあとにした。

自分で自分を褒《ほ》めてやりたかった。

いずれは彩子たちと、一席囲まなければならないと思っていたのだ。

営業部のギスギスした空気を改善するには、彼女たちに大人になってもらうしかない。満里奈には、なにを言っても意味がないからだ。

彼女に変化を求めても徒労感しか残らない、と恋人である自分がいちばんよく知っている。自分が正しいと信じて疑っていないから、話しあいで解決しようとしても機嫌を損《そこ》ねるだけなのである。

3

その日の夜に、飲み会は実現した。

全員のスケジュールが空《あ》いていてラッキーだと思った健一は、後に自分の暢気《のんき》さを呪《のろ》うことになる。彩子たちの満里奈に対するストレスは限界に達しており、一刻も早いガス抜きの場を必要としていたから、万難を排してその日のスケジュールを空けたのである。

三人のリクエストで、会場は高級焼肉店の個室になった。

会社のためにひと肌脱《ぬ》ぐのだから、勘定《かんじょう》は経費で落とせるだろうと思った健一は、やはり暢気だった。後日、経理から領収書を突き返され、自腹の憂《う》き目《め》に遭《あ》うことになる。

「じゃあ、とりあえず乾杯しましょうか」

店員が生ビールのジョッキを運んでくると、健一はにこやかに言った。テンションがあがっていた。今朝は両親に満里奈を紹介したい旨《むね》を伝え、これから部内の女子たちに満里奈にやさしくしてくれるようにお願いする。直接彼女と会っていなくても、ふたりの恋がぐんぐん前に進んでいる気がしてしょうがない。

ところが……。

グラスを合わせ、アルコールが入ると、女たちの眼は据《す》わった。高級焼肉を頬張りながらも、ニコリともせずに健一を睨んできた。なぜこんな酒宴が催《もよお》されたのか、理由に勘づいているからだろう。

これはタフな交渉になるかもしれない、と健一は内心で震えあがった。

彩子と香織と里沙の三人は、なんとなく同じ匂《にお》いがするタイプだった。年は彩子が三十五で、香織が三十、里沙が二十四とバラバラだが、全員それなりに容姿が整《ととの》い、性格は明るくさばけている。趣味はファッションにグルメに夜遊びに旅行といったところで、恋の話で朝までおしゃべりに興じていられるタイプだ。

要するにどこにでもいるOLであり、仲のいい先輩後輩であることに嬉々《きき》としているわけだが、満里奈とは正反対だった。学生時代、同じクラスにいても口もきかない感じである。見た目からして、真っ黒い髪を可憐《かれん》なショートヘアにしている満里奈に対し、三人は全員が長く伸ばした髪を茶系に染《そ》めている。

「どうせ満里奈をいじめるなって言いたいんでしょ？」

ひとしきり飲み食いすると、リーダー格の彩子が口火を切った。

「がっかりだなあ、まったく……」

香織が続ける。

「今日という今日はあの女にガツンと言ってやろうと思ってたのに、まさか健一さんに邪魔されるなんて……」

「そうですよ！」

里沙がふて腐《くさ》れた顔で言った。

「あの人がフロアの空気を悪くしてるの、一目瞭然《いちもくりようぜん》じゃないですか。まさか健一さん、彼女の味方なんですか？」

「いやいや、そういうわけじゃないよ……」

健一は苦笑するしかなかった。

「しかしさ、このままの状態だとキミらだって楽しく働けないだろう？」

「当たり前じゃないですか」

　里沙が言い、彩子と香織も大きくうなずく。

「だったら……だったらだよ、ここはひとつ、キミらのほうが大人になったほうがいいと思うんだ。藤咲さんの味方をするわけじゃないよ。そうじゃなくて、彼女は言っても聞かないし、あの性格は直らないと思うんだ。だから、キミらのほうがね、もう少し温かい眼で見守ってやったほうが……」

　三人は眼を見合わせた。

「もしかして、健一さん……」

　彩子が意味ありげに声をひそめた。

「あの子のこと、好きになっちゃったの？」

「そ、そんなことあるわけないじゃないか！」

　健一は不自然に声を大きくしてしまった。気をつけなければならなかった。秘密主義に徹《てっ》するどころの話ではない。ここで満里奈への好意を少しでも見せたら、総スカンになってしまうだろう。

「あの子、ヤリマンよ」

　彩子が吐き捨てるように言い、香織が深くうなずいて続ける。

「あの手のブリブリした女はねえ、裏でいろんな男に股ひろげてるに決まってるんだから」

「いやいや……」

健一は苦笑したが、頬がひきつってうまく笑えなかった。

「いくらここが個室だからって、そういう言葉遣いはいただけないなあ。自分の品位を落とすんじゃないかなあ……」

「ヤリマンに一票」

「わたしも」

彩子と里沙が、シレッとした顔で手をあげる。

「健一さん、あの子と〈梶山《かじやま》建築〉の社長との話、知ってる？」

香織が言い、

「い、いや……知らないよ……」

健一はひきつった顔を左右に振った。具体的な名前が出てきて、心臓が縮みあがった。

〈梶山建築〉というのは〈本山材木店〉と取引のあるハウスメーカーで、社長はタヌキそっくりのメタボな六十代である。

「あそこの社長、満里奈にご執心《しゅうしん》だから、わたしたちも込みで一度接待《せったい》に同席させられたのね。銀座の中華屋さん」

「びっくりしましたよねえ、もう」

里沙が続ける。

「こーんな丈の短い、パンツ見えそうなワンピース着てきて、社長の隣の席でキャッキャ、キャッキャはしゃいで。全員ドン引きですよ」

「わたし、見たけど……」

彩子が低い声で言った。

「お手洗いいくときあの子の後ろ通ったら、社長に太腿《ふともも》撫でられてました」

「やだ、最低」

里沙が吐き捨て、

「それで、帰り際……」

香織は苦虫《にがむし》を噛み潰したような顔で続けた。

「社長がタクシーに乗るとき、うちらはシラけきって店の前から動かなかったんだけど、あの子だけクルマのすぐ側まで送っていって……」

「お小遣い貰ってましたよね」

里沙が言い、

「万券握りしめてたね」

彩子がうなずく。

「それで、社長が帰った途端《とたん》、いつものツーンと澄ました感じに戻って、ひとりでさっさと帰っていったのよ。あれは絶対、ホテルまでのタクシー代ね」

「やってますよ」

「間違いない」

「ち、違うんじゃないかなあ……」

健一は泣きそうな顔で首をひねった。落ち着け、落ち着け、と必死になって自分を励《はげ》ましていなければ、本当に涙が出てきそうだった。

〈梶山建築〉の接待に駆《か》りだされた話は知っていたが、そんなことがあったとは夢にも思っていなかった。

とはいえ、満里奈ならやりかねない。権力のある年寄りに媚《こび》を売るのは、いつものことだからだ。彼女としては、自分が気に入られ、セクハラまで耐えることで、会社の売上に貢献《こうけん》していると思っているのだろうが、やり方がずれているうえに過剰なのである。

しかし、だからといって、ホテルにまで行ったというのは、あまりに悪意にまみれた妄《もう》想《そう》だろう。満里奈はブリッ子だが、貞操《ていそう》観念が強いのだ。だいたい、あれだけベッドで面倒くさい女が、ヤリマンになれるわけがない。

「……ショック受けた？」

彩子がニヤニヤ笑いながら顔をのぞきこんでくる。

「べ、べつに……」

健一は頬をひきつらせながら必死に笑い返した。

「ぼ、僕が言いたいのはですよ……彼女がヤリマンであろうがなかろうが、そんなことはどうでもいいじゃないか、ってことですから。みなさんが腹立ててるのもわかるけど、なるべく穏便《おんびん》にやってもらいたいなって思ってるだけで……」

「じゃあ、〈ウルトラノヴァ〉の有働《うどう》社長のこと知ってる？」

香織が残酷《ざんこく》な顔でささやく。

「な、なんだよ、それは……」

健一はあきらかに動揺《どうよう》していた。〈ウルトラノヴァ〉は急成長中のIT関連企業で、社長の有働は三十代にして数十億の財産をつくった正真正銘の成功者だ。おまけに背が高くてルックスもいいという、男の敵のような存在である。

「あの人、カッコいいくせに口説《くど》き魔でセクハラ大好きでしょ？」

「そう……なのか？」

女好きという話はよく耳にしていたが、あくまで噂《うわさ》のレベルだし、健一は直接話をしたことがない相手だった。

「すごいのよ、もう……」

香織が唇を歪《ゆが》めて続ける。

「ここにいる全員、お尻触られてるし、口説かれてるし……」

「有働さんの接待にも駆りだされたのかい？」

「いーえ。廊下ですれ違っただけで、声かけてくるんです。こっちは本気で嫌がってるのに、『僕の誘い断るなんて勇気あるね』だって……あの自信過剰さが、たまらなくいや。カッコよくてお金持ちでも、人として最低。こんな馬鹿野郎に尻尾《しっぽ》振る女なんているのかよって思ってたら……」

「いました、ひとり」

里沙が鼻で笑った。

「……満里奈なのか？」

健一が恐るおそる愛《いと》しい恋人の名を口にすると、三人は同時にうなずいた。

「ああーん、もうやめてください有働さん！」

香織が満里奈の真似《まね》をして、ブリッ子芝居《しばい》でくねくねと身をよじる。

「もっと触ってほしいですけど、ここじゃダメです！」

　里沙も真似をする。

「夜景が見える素敵なホテルに連れていってくれたらフェラとかたくさんしますから、ここじゃダメええええっ……」

　彩子も身をくねらせて真似をしたが、

「って、給湯室の前で延々やってるんだから、馬鹿じゃないの」

　唇を歪めて吐き捨てた。

「お尻触られただけじゃなくて、胸までツンツンされてましたよ」

「だって、あの子、自分から胸押しつけていくんだもの」

「あれは絶対やられてるね、間違いない」

「いや、その……」

　健一はしばらくの間、言葉を返すことができなかった。満里奈に限って、やられてはいないだろう。そう信じながらも、どしゃ降りの雨に打たれた捨て犬のような気分だった。

4

帰宅ラッシュで混雑した電車に乗る気にはどうしてもなれず、健一は焼肉店を出ると、タクシーを拾った。

女子社員たちだけ電車で帰すわけにもいかず、ひとりずつ送っていった。タクシーの中でも、三人は満里奈の悪口で賑やかだった。

健一は助手席で眼をつぶり、黙っていた。激しい不安を覚えていた。話を聞いているうちに、満里奈のことを本当のヤリマンではないかと思いはじめてしまったからである。

もちろん、満里奈を信じたい。

だが、目撃されているのだから、少なくともセクハラをされてもはしゃいでいたというのは本当なのだろう。はしゃぎ方をデフォルメされていたとしても、哀しすぎる。そういう女に熱をあげている自分が、たまらなくみじめに思えてくる。

タクシーに最後に残ったのは彩子だった。

「うち、もうすぐそこだから……」

「ああ……」

「ちょっとうちで飲み直さない？」

「……えっ？」

彩子を見ると、表情がいままでと変わっていた。怒りではなく後悔が、整った顔立ちを曇《くも》らせていた。

「なんていうか、ほら……いくら嫌いな相手でもさ、悪口って言いすぎると気分悪くなるじゃない？　ガス抜きのつもりでちょっと言いすぎた。反省会《はんせいかい》しよう」

「まあ……いいけど……」

健一にしても、このまま家に帰りたくなかった。時刻は午後十時をまわったばかりだから、まだ両親が起きている。今朝の話の続きを求められるに違いないが、今夜はそれを避《さ》けたかった。

彩子が住んでいるのは、公園に面したマンションの１ＬＤＫだった。ひとり暮らしにしてはリビングダイニングがかなり広く、二十畳近くあった。テーブルは六人掛けだし、Ｌ字型のソファも五人はゆうに座れそうだ。

「わたし、ホームパーティをけっこうするの。料理が好きだから……」

彩子が照れくさそうに言った。

「どこでも座って。お酒はなににする？」

「あっ……じゃあ、とりあえずビールで……」

健一は言い、ソファにちょこんと腰をおろした。

「ふふっ、とりあえずビールって、居酒屋さんみたい」

彩子が笑いながら冷蔵庫を開ける。

「でも、うち、はっきり言って飲み屋さん並みにお酒が揃《そろ》ってるのよ。ワインも日本酒もウイスキーも、ジンやラムまであるもの」

「へええ……」

曖昧に返事をした健一の隣に、彩子が腰をおろす。グラスに注がれたビールで乾杯し、お互いに飲んだ。

「けっこう女らしいところもあるんですね、料理が好きなんて」

「なによ、それ。どういう意味？　普段のわたし、女らしくない？」

彩子がキッと睨んできたので、

「いや、べつに、そういう意味じゃ……」

健一はしどろもどろになった。生活感のないフェロモン系の美人だから、料理が得意なタイプには見えなかった。

「冗談《じょうだん》よ、冗談」

彩子が笑う。

「よく言われるもの、料理とかしないでしょうって。性格が男っぽいからね、女らしく思われなくてもしかたないかも」

「いや、そこがいいところじゃないですか」

健一はフォローした。お世辞ではなかった。

「なんていうかな、彩子さんってさっぱりしてるから、性別とか年とか超えて、すごく付き合いやすいっていうか、飲んでても安心できるっていうか……」

「やっぱり……」

彩子は急に意気消沈し、深い溜息をついた。

「わたし、みんなにそう言われる。それでいつも友達どまり。なんだか知らないけど、気がつけば男の飲み友達ばっかりやたらと増えててね……哀しいわよ」

「……彼氏、いないんですか？」

健一は恐るおそる訊ねてみた。

「いない。もうかなり前から……」

「嘘でしょ？　モテそうじゃないですか？」

「ホントよ。朝まで飲んでてもそれで終わりとか、そんなのばっかり」

「信じられないなあ……」

健一は首をかしげ、

「どうして？」

彩子が身を乗りだして訊ねてきたが、

「いや、それは……」

口ごもってしまった。

そんなエロい体つきしてて、酔った男が襲いかからないわけないでしょ、と思ったのだが、さすがに言えなかった。

彩子は今日、千鳥柄《ちどりがら》のニットに黒いタイトスカートを合わせていた。ストッキングは極薄の黒。特別おしゃれをしていない普段着姿でも、スタイルのよさは隠しきれない。それはもう、悩殺的と言ってしまってかまわないほど、ボンッ、キュッ、ボンッ、のグラマーボディだ。

「さっきは散々悪口言っちゃったけどさ……」

彩子はしみじみと言葉を継いだ。

「本当のところ、満里奈が羨《うらや》ましい部分もあるのよね。一度でいいからああやってブリッ子して、男にモテてみたいって……わたしなんて、男の人に甘えることさえうまくできないから……」

「うーん、そうかなあ……」

健一は腕組みをして、唸《うな》るように言った。

「彩子さんはいまのままでいいんじゃないかなあ……」

「どうして？　わたしだってモテたいのよ」

「うーん……」

健一は唸るしかなかった。どう冷静に見ても、彩子は満里奈より美人で、スタイルもいい。年齢的には三十五歳対二十六歳で満里奈に分があるだろうが、それを差し引いても、容姿だけなら彩子に軍配があがりそうだ。

「女って結局ね、モテたい、ちやほやされたい、っていう根源的な欲望が、どうしてもあるから……」

「ハハハッ、おかしいですよ。彩子さんのほうがモテそうなのに……」

「そんなことないってば。断言してもいいけど、あの子はわたしの百倍はモテる」

彩子が真顔で答えたので、健一は複雑な心境になった。

結婚まで考えている自分の恋人がモテるという事実を、どう受けとめていいかわからなかったからだ。

単純に嬉しい部分もあるが、やはり不安のほうが大きかった。モテるということは浮気のチャンスが大量にあるということで、事実、健一の知らないところで、満里奈は〈梶山建築〉や〈ウルトラノヴァ〉の社長に口説かれていたらしい。どこで間違いが起こってしまうか、わかったものではない。

いや……。

間違いはすでに起こっているかもしれなかった。

三人がかりで寄ってたかって言われたせいで、満里奈がヤリマンに思えてならなかった。状況証拠を積みあげてきた彼女たちに対し、健一が内心で反論している根拠は、いかにも心許《こころもと》ないものだった。両親への紹介をOKしてくれたからとか、あれだけ恥ずかしがり屋ならセックスに奔放《ほんぽう》なわけがないとか、そんなことではヤリマンではない証拠にはならないだろう。

テンションが足元まで急降下していく。

満里奈と付き合いはじめてから、よくこういう心理状態に陥《おちい》るようになった。有頂天《うちょうてん》になるときがある反面、いままでなかったくらい激しく落ちこんでしまうことが多くなった。

自分は果たして、満里奈と結婚できるだろうか？

彼女がヤリマンで、〈梶山建築〉や〈ウルトラノヴァ〉の社長に抱かれていたとしても、嫁として生涯《しょうがい》愛し抜けるだろうか？

それは……。

きっと……。

「どうかした？」

彩子の声で、健一はハッと我に返った。

「いや……べつになんでも……」

苦笑して誤魔化《ごまか》すと、

「ならいいけど……」

彩子は柔和な笑みを浮かべ、身を寄せてきた。

「わたしね、ホームパーティはよくやるけど、男の人ひとりだと滅多《めった》に部屋にはあげないのよ。ここは三年前に引っ越してきて、あがったのはあなたが初めて……」

「そりゃあどうも……」

「どういう意味か、わかるでしょう？」

甘い声でささやかれ、

「えっ……」

健一は一瞬、言葉を失った。彩子の顔が艶《あで》やかなピンク色に輝いていたからだ。もちろん、アルコールのせいもあるだろう。だが、それ以上に、悩ましいなにかを感じてしまった。ねっとりと濡《ぬ》れた瞳から、胸騒ぎを誘う光線を放ってきた。

「や、やめてくださいよ……」

ハッと笑い、おかしな空気を振り払おうとした。

「そんな顔で見つめられたら……僕だって男ですからね……エッチな気分にならないとも限らないわけで……」

社内の女子社員から様々なアプローチを受けたことがある健一だが、営業部の三人は例外だった。彼女たちは、健一の前で決して女の顔にならなかった。そうでなければ、気軽に飲みに誘えるわけがない。

「いいのよ、エッチな気分になっても……」

手を握られ、健一の心臓はドキンとひとつ跳《は》ねあがった。

「言ったでしょう？　本音じゃあの子が羨ましいって。今夜だけは本当に、独《ひと》り身《み》の自分が哀しくなっちゃった。今夜だけでいいから……しつこくしないから……抱いて。女って不思議よね。満里奈のことヤリマンって罵《ののし》ってても、自分だってそんなふうに振る舞ってみたいときがあるんだから……」

彩子が瞼《まぶた》を軽く落とし、唇を半開きにして顔を近づけてくる。健一は息を呑んだ。彼女は完全にその気になっているようで、おまけに愛しい恋人はすっかりヤリマンと決めつけられている。

由々《ゆゆ》しき事態だった。彩子に冷静になってもらわなくては、あってはならないあやまちを起こしてしまいそうである。いくら今夜だけと言われても、しつこくしないと約束されたとしても、四人しかいない部署の女子の、ふたりに手を出してしまうのは、男としてひどすぎる。

だが……。

悪魔が耳元でささやいた。

満里奈だってヤリマンじゃないか、と。

だったらこっちも、遊んでしまえばいいではないか、と。

5

「ねえ、キスして……」

息のかかる距離で、彩子が半開きの唇を突きだしてくる。苺《いちご》のように赤い唇はふっくらとして、奥に見える歯はどこまでも白かった。

「いいじゃない、今夜だけなんだから……お願いだから……」

お局様的立場もあるからだろう、会社での彩子はいつも凜《りん》として、男の眼から見ても頼りになる存在だった。そんな彼女がいまにも泣きだしそうな顔で、キスを求めていた。これ以上恥をかかすわけにはいかないと、健一は腹を括《くく》った。

「……ぅんんっ！」

唇を重ね、肩を抱いた。やっちまった、という思いと淫らな興奮が同時にこみあげてきて、心臓が早鐘を打ちはじめた。

しかし、躊躇《ためら》う隙は与えられず、彩子がすかさず口を開き、舌を差しだしてくる。健一も応えて舌を伸ばすと、チロチロ、チロチロ、と舌先を舐《な》めまわされた。言葉は悪いが、欲求不満なのかもしれない、と思った。その積極性に気圧《けお》されつつも、健一も、チロチロ、チロチロ、と舌先を動かした。舌と舌とが触れあうたびに、理性が音をたてて崩れていくのがわかった。

なんだか新鮮だった。満里奈が相手だと、かたく閉ざされた門を必死になってこじ開けなければ、ディープキスひとつすることができない。だから、女からこんなふうに積極的にキスをされると、痒《かゆ》いところを掻《か》かれたような気分になった。

ひとしきり舌をからめあうと、

「……あっちへ行きましょう」

彩子は立ちあがり、健一の手を引いて寝室に向かった。リビングはかなり明るかったが、寝室はムーディーな間接照明で、ゆったりしたクイーンサイズのベッド以外に家具がなく、まるでホテルのように生活感がなかった。

ふたりは立ったまままもう一度抱きしめあい、唇を重ねた。

「うんんっ……ぅんんっ……」

唾液と唾液を交換し、熱く高ぶった吐息《といき》をぶつけあいながら、お互いの体をまさぐりあった。

彩子の体に触れた健一は、見た目以上の迫力に息を呑まずにいられなかった。

胸のふくらみは片手ではとてもつかみきれない大きさだし、ヒップの量感はそれよりさらにすごい。丸みを吸いとるように手のひらを這わせていくと、頭にカーッと血が昇《のぼ》っていくのが、はっきりとわかった。

一刻も早く生身を拝《おが》みたくなり、千鳥柄のニットをめくり、頭から抜いた。白いレースのブラジャーが、たわわに実った白い乳房を寄せてあげていた。白い下着は少し意外だったが、カップが浅めなきわどいデザインで、胸の谷間が深すぎる。

「やんっ……」

彩子は顔をそむけて羞《は》じらったが、満里奈に比べれば堂々としたものだった。三十五歳となれば熟女とも言える年齢だし、スタイルに自信もあるのだろう。

健一は続いて、黒いタイトスカートを脱がしにかかった。

腰のホックをはずし、ファスナーをさげ、ピチピチになっているヒップから抜いて、床に落とした。

瞬間、息がとまった。眼を見開いて、彩子の下半身を見つめてしまった。

黒いパンティストッキングに、白いレースのハイレグショーツが透《す》けていた。股間にぴっちりと食いこんでいる光景が、この世のものとは思えないほどいやらしかった。

「そんなに見ないでっ……」

彩子が背中を向けてきたが、見ないわけにいくはずがなかった。健一はスーツのジャケットを脱ぐと、彩子をベッドに押し倒した。正常位の体勢で、黒いストッキングに包まれた両脚をM字に割りひろげた。

「い、いやんっ……」

彩子は可愛い声で羞じらったが、健一の目の前に出現した光景は、可愛いどころか卑猥《ひわい》なまでにセクシーなものだった。彩子が着けている黒いストッキングは、キャビンアテンダントが愛用しているような極薄のナイロン製で、肉づきがいいところにグラデーションができる。

逞《たくま》しいほどむちむちした太腿が、そうだった。おまけに、白いハイレグショーツの食いこみ方がいやらしすぎる。こんもりと盛りあがったヴィーナスの丘の形状まで露《あら》わにして、匂いたつ女の部分を飾《かざ》っている。

とはいえ、いきなりそこから愛撫《あいぶ》するわけにもいかず、健一は彩子に上体を被《かぶ》せた。チュッ、チュッ、とついばむようなキスをしながら、彩子の背中に両手をまわしていく。下半身にそそられつつも、上半身だって魅力満点だった。ブラジャーのホックをはずし、カップをめくると、驚くほど迫力があるふたつの胸のふくらみが目の前でタップンと揺れはずんだ。

「うわっ……」

思わず感嘆の声をもらすと、

「大きいおっぱい、好き？」

彩子が恥ずかしげに頬を赤くしながら訊ねてきた。

「ええ……まあ……」

健一も自分の顔が赤くなっていくのを感じた。見ているだけでドキドキしてしまうような巨乳だった。

「ふふっ、なに照れてるのよ……大きなおっぱいが好きなら、あとで挟《はさ》んであげるね」

「えっ……」

健一が首をかしげると、

「パイズリよ、されたことない？」

彩子はますます恥ずかしげに頬を赤くした。

「パ、パイズリって……」

そんなものはAVの中にしかないプレイだと、健一は思っていた。あるいはファッションヘルスやソープランドなど、風俗で金を払ってするものではないのか。

「エ、エッチなんですね、彩子さんって……」

健一は興奮に声を震わせながら、眼の前の双乳に両手を伸ばしていった。あお向けになっているのに丸々として、先端が卑猥なくらい尖っている。両手で裾野からすくうと、ずっしりと量感があった。やわやわと揉《も》みしだけば、たまらない弾力が指先に伝わってきた。

「むううっ……むううっ……」

気がつけば、鼻息も荒く手指を動かしていた。片手ではとてもつかみきれない大きさのふくらみを揉みくちゃにし、左右の乳首を交互に舐めた。乳首はややくすんだ小豆色《あずき》だったが、感度は抜群《ばつぐん》だった。

チロチロ、チロチロ、と舌先で舐め転がすと、

「あああっ！」

彩子は眉間《みけん》に深い縦皺《たてじわ》を刻み、半開きの唇を震わせた。いやらしい顔だった。大人の美女があえぐ顔というのは、これほどまでに淫らなのかと思ってしまった。

「わ、わたしっ……」

ハアハアと息をはずませながら、彩子が言う。

「胸がとっても感じるからっ……たくさん舐めてっ……」

「は、はい……」

健一はうなずき、裾野をぐいぐいと揉みしだきながら、乳首を口に含んだ。胸への愛撫なら、満里奈で慣れていた。彼女は乳首が発情のスイッチボタンだった。そこを刺激した瞬間に、本格的なセックスが始まると言ってよかった。

とはいえ、満里奈より九歳も年上の彩子は、ずっと熟《う》れた性感の持ち主だった。

口に含んで吸いたて、口内で舐めまわし、甘噛みまで繰りだすと、

「あああっ……はぁあああっ……」

みるみるうちに顔から耳、首筋まで淫らがましく紅潮させて、あえぎはじめた。茶色く染めた長い髪を振り乱し、喉《のど》を突きだして声をあげた。

「ああっ、いいっ！　気持ちいいっ！　もっとしてっ……痛いくらいにしてえええええっ……」

「は、はい……」

健一はうなずき、チュパチュパと音をたてて左右の乳首を交互に吸った。吸っていないほうの乳首を指でつまんで押しつぶし、ピーン、ピーン、と爪《つめ》ではじいてやる。こみあげてくる興奮のままに、類《たぐ》い稀《まれ》な巨乳と戯《たわむ》れる。

だが、興奮している一方で、気持ちはどこか冷めていった。

「ああっ、いいっ！　すごくいいっ！」

彩子の反応は熱くなっていくばかりで、あられもないあえぎ顔を見せつけながら、両脚で健一の腰を締めつけてきた。極薄の黒いナイロンに包まれた太腿の感触はいやらしく、股間《こかん》をこすりつけてくる動きは卑猥の極致だった。

圧倒されてしまった。

このまま愛撫を続け、性器を繋げてひとつになれば、すさまじいまぐわいになるだろう。だが逆に、彩子はきっと、誰が相手でもこんなふうに乱れているに違いないと、想像力が働いてしまったのである。

満里奈が懐《なつ》かしかった。

極端な恥ずかしがり屋であるあまり、乳房に触れるまで長い時間を要する彼女とのセックスが、にわかに大切なものに思えてきた。羞じらいのかたい殻《から》をひとつずつ壊していきながら、核心に触れたときの感動が彩子が相手では味わえなかった。

当然かもしれない。彩子は満里奈より美人でグラマーで性感も熟しているかもしれないが、健一は彼女のことを愛していなかった。申し訳ないけれど、自分だけのものにしたいと思わなかった。

「……どうしたの？」

不意に愛撫の手をとめた健一に、彩子がささやく。ハアハアと息をはずませながら、いぶかしげに眉《まゆ》をひそめる。

「ごめんなさい！」

健一は彩子から離れ、ベッドの上で土下座した。

「やっぱり……やっぱり、僕……彩子さんとはできません……」

震える声を絞りだした。

彩子がふうっと溜息をもらし、

「……どうして？」

掠《かす》れた声で訊ねてくる。

「他に好きな人がいるんです……だから……彩子さんのことも嫌いじゃないですけど、やっぱり……」

「……そう」

気まずい沈黙が訪れた。健一はシーツに額を押しつけたまま、顔をあげることができなかった。耳が痛くなるような静寂《せいじゃく》に、ただ耐えるばかりだった。

気が遠くなるほど長い沈黙のあと、

「だったら、もう帰れば……」

彩子は投げやりに言った。

健一は少しだけ顔をあげた。

「好きとか嫌いとか、そういうつもりで誘ったんじゃないし。わたし、男の人とちょっとスキンシップしたかっただけだから……」

「すいません！」

健一はもう一度深々と頭をさげると、ベッドから飛びおりた。床に脱ぎ捨ててあったジャケットをつかみ、一目散に部屋から逃げだした。

罪悪感で胸が痛かった。

彩子は強がりを言って許してくれたけれど、きっとしたたかに傷つけてしまったことだろう。自分の浮《うわ》ついた気持ちのせいでこんなことになったと思うと、ひどい自己嫌悪《けんお》に涙が出そうになってしまった。

第三章　ただ口づけをするために

1

人生のあらゆる局面において、タイミングほど重要なものはない。

タイミングが合うことで不可能が可能になったり、嫌いが好きに転じるのはよくあることだし、逆に些細《ささい》なタイミングのずれが衝突《しょうとつ》を生んだり、人間関係を壊してしまうこともまた、世間ではありがちな話だ。

ボタンの掛け違いというやつである。

彩子との浮気未遂《みすい》事件があってから、十日ほどが経《た》ったある日のことだ。

その日は満里奈の誕生日だった。

三月後半の魚座の生まれで、血液型はO型。

ネットで調べた占《うらな》いによれば、ロマンチストで甘えん坊で八方美人の浮気性らしい。見なければよかった、と健一はディスプレイに向かって深い溜息《ためいき》をついた。

『あの子、ヤリマンよ』

彩子に言われた言葉が、まだ頭の片隅《かたすみ》に残っていた。

ヤリマンであろうがなかろうが、自分は彼女のことが大好きだ。他の女を愛することは、もうできないのだ。それは、彩子の部屋から逃げるようにして出てきたあと、考えに考え抜いて出した結論だった。

とはいえ、そう結論づけたところで、気持ちが落ち着いたわけではない。できることならヤリマンではないほうがいいに決まっているし、ひとりの男を真摯《しんし》に愛せる女こそ生涯《しょうがい》の伴侶《はんりょ》にしたいのが本音だった。

気持ちは乱れ、揺れていた。

彩子たちの言っていたことは、本当なのだろうか？

ただのやっかみであってくれればそれに越したことはないけれど、結婚したあとヤリマンであることが判明しても、自分は平静を保っていられるだろうか？

そんな気分で満里奈の誕生日を迎えたことが、まず最初のボタンの掛け違いだった。いちおう、ネットで探したレストランに予約は入れたものの、気分は乗らず、ろくな準備ができなかった。

そもそも、一週間ほど前、父の隆一郎が突然カナダに出張してしまった。

これで完全にタイミングをはずされた。

健一が想定していたシナリオでは、まず満里奈を両親に紹介し、なんとかうまくやっていけるのではないかという感触を得たうえで、誕生日パーティでエンゲージリングを渡し、プロポーズという流れになっていたのだ。

なのに、肝心《かんじん》の父が急な海外出張で、一週間が過ぎてもまだ帰ってこないのだから、頭を抱えてしまう。

カナダには木材輸入の拠点があり、大事な取引先も多いから、隆一郎が現地で多忙な生活を送っていることは想像に難《かた》くなかった。だが、せめてあと二週間、出張を先延ばしにしてくれれば、彼自身も待望している、ひとり息子の結婚話が前に進んだのかもしれないのである。

満里奈と付き合いだしてから、初めて迎える誕生日だった。こんなことではいけない。派手に祝って彼女を喜ばせてあげたいという気は山々でも、どうにもテンションがあがってくれなかった。

どうせ近々、エンゲージリングという高価な贈り物をしなければならないと思うと、誕生日用にプレゼントを用意する気にもなれず、今回は食事をご馳走《ちそう》するだけにとどめておくことにした。

大失敗だった。

六本木《ろっぽんぎ》にあるフレンチレストランのウエイティングバーに現れた満里奈は、コートの下に華《はな》やかなピンク色のミニドレスを着ていた。生地《きじ》に光沢《こうたく》があり、裾がふわっとふくらんだデザインで、会社に着ていけるようなものではなかった。どこかで着替えてきたのだ。ネックレスやイヤリングも、普段使いではないキラキラしたものだった。その気合いの入り方を見て、しまった、と思ったが、もう後の祭りだった。

装《よそお》いとは裏腹に、満里奈の表情は険しかった。

そのレストランは、いちおう六本木にあるし、コースの値段が一万円以上するので、それなりに高級な店ではあるものの、とびきりなわけではなかった。過去にはもっとゴージャスな、グルメガイドで星がつくような店にエスコートしたこともあるので、満里奈は気に入らなかったのだろう。

「いまのボーイさん、感じ悪いね」

席に着くなりダメ出しが始まった。

「おもてなしっていうのがわかってないんじゃないかな。あんな暗い顔で席に案内するなんて信じられない」

「まあまあ……」

健一は苦笑してなだめたが、満里奈の舌鋒《ぜっぽう》は鋭くなっていくばかりだった。彼女は学生時代、カフェやレストランでよくアルバイトをしていたらしく、味やサービスにうるさいのだ。

「なにこの前菜、美しくない」

皿を見ただけでそっぽを向き、結局食べずにさげさせると、

「なんか、もう……出てくるたびに食欲がなくなっていく……」

メインの皿までひと口ずつしか手をつけず、ワインばかりをがぶ飲みした。

さすがの健一もカチンときた。

なるほど、彼女の気持ちもわからないではない。付き合って初めての誕生日にめかしこんでやってきてみれば、想像していたよりグレードの低い店だったのでテンションがあがらないと言われれば、申し訳なかったと謝るしかない。

しかし、その店の料理だって彼女が言うほど悪くはなかったし、ふたりには結婚というビッグイベントが控《ひか》えているのだ。誕生日なのだから手放しで最高級の店に連れていけという考えなら、経済観念を疑わざるを得ない。結婚して財布の紐《ひも》を握らせることが、ひどく不安に思えてくる。お姫様気取りも多少なら可愛《かわい》げがあるけれど、何事にも限度というものがあるのである。

テーブルにコーヒーが出てくるころには、雰囲気はかなり険悪なものになっていた。お互いにまったく口をきかず、眼も合わせずに、代わるがわる深い溜息ばかりついていた。

「……わたし、もう帰っていい？」

満里奈が言い、

「いいけど……」

健一は呆れた顔で答えた。満里奈にとって愛とは、すべてを受け入れてもらい、すべてを肯定《こうてい》されることだ。怒ってはいけない。話しあいは通用しない。わかっていても、堪忍《かんにん》袋《ぶくろ》の緒が切れてしまった。

「さっきから、なんなのその態度？　人がせっかく誕生日を祝ってるのに、文句があるならはっきり言えば？」

満里奈はともかく、健一が露骨《ろこつ》に怒るのは珍《めずら》しいことだった。

「べつに……」

満里奈は鼻で笑った。

「文句なんかありませんけど……」

「じゃあ、なんで全然食べないわけ？」

「しかたないじゃないですか、口に合わないいんだもん」

「子供じみてるぜ」

「大人にだって好き嫌いはあると思いますけど」

「……もういいよ」

健一は力なく首を振った。

「帰りたかったら、帰ればいい……」

「そうします」

満里奈は躊躇《ちゅうちょ》なく立ちあがり、ツンと澄《す》ました顔でテーブルをあとにした。ご馳走さまのひと言もない態度に、健一はますます苛立《いらだ》ち、ボトルに半分以上残っていたワインを瞬《また》く間に飲み干《ほ》してしまった。

2

満里奈をエスコートするために予約を入れてあったオーセンティックなバーに、健一はひとりで向かった。

安いスコッチを三杯飲んだが、まるで酔えなかった。

どうして喧嘩《けんか》になってしまったのだろう?

満里奈が店の雰囲気や料理やスタッフの態度にダメ出しをするのはいつものことで、ひどいときには「このお店、気の流れが悪い」というような理由で、席を立ったことさえある。

そういうとき、健一はいつだって言いたいことをぐっとこらえて彼女をなだめ、気分を直してもらうべく次の店へとエスコートしてきた。

どうして今日に限って、険悪な態度に険悪な態度をぶつけてしまったのだろう？

そんなことをすれば満里奈が臍《へそ》を曲げてしまうことくらい、充分わかっていたつもりだったのに……。

たぶん、彩子たちに聞かされた悪口が頭の隅に残っていたからだろう。

〈梶山建築〉や〈ウルトラノヴァ〉の社長にセクハラされ、嬉々《きき》としていた話である。

セクハラはともかく、満里奈が取引先のお偉《えら》いさんの前でキャピキャピした態度をとり、媚《こび》を売る姿は、健一自身も何度となく目撃していた。オクターブのあがった高い声でしゃべり、眼をキラキラと輝かせて、身を寄せていったり、過剰《かじょう》なまでに体をくねらせたりする。

それが彼女のキャラクターなのだから、べつに文句はない。

彩子たちにしてみれば「女の敵」ということになるのだろうが、男の眼から見れば、よくやるよ、と思いつつも微笑《ほほえ》ましくもあるのだ。

しかし、である。

そういう態度を決して自分にはとってくれないことが、健一には大いに不満だった。恋人同士でありながら、媚を売られているお偉いさんが羨《うらや》ましくてしようがなかった。満里奈はブリッ子だが、健一の前では頑《かたく》なにわがままなお姫様を通し、機嫌《きげん》を損なえばツーンと顔をそむけて去っていく。

例外はセックスのときだけだった。

裸になって性器を繋げているときだけ、彼女は可愛い。ブリッ子をしているとき以上の、生身の可愛らしさがある。付き合っていて、ベッドの中だけが唯一の救いと言っていい。

だから、ベッドインに至るまでは本当に大変だった。

満里奈のことは好きだったが、このままではもたない、もう誘うのはやめようと何度思ったか知れない。あまりに振りまわされすぎて、仕事に支障をきたすほど疲れ果《は》て、心を病んでしまいそうだった。

蕎麦屋《そばや》で初めての食事をしたあと、健一は彼女を頻繁《ひんぱん》に誘うようになった。三回に一回くらいの割合で、満里奈は誘いに乗ってきた。

彼女は料理が好きなくせに小食であり、騒がしいところを苦手にしていた。ただ、見かけによらず酒が好きだったから、初期のデートではよくバーに行った。それも、いかにも紳士淑女《しんししゅくじょ》が集《つど》うような本格的な店に、彼女は行きたがった。グラスを磨く音が聞こえるような、贅沢《ぜいたく》な静寂《せいじゃく》がある店だ。

健一は酒を飲むときはもっぱら居酒屋を使っていて、割高感のあるバーで飲む習慣《しゅうかん》がなかったのだが、ネットで調べていろいろなところに連れていった。外資系ホテルの夜景の見えるバーから、繁華街《はんかがい》の路地裏にある隠れ家的なところまで、探検隊の気分で飲み歩いた。

店の雰囲気が気に入ると、満里奈のピッチはあがった。

ふたりでワインボトルを二本空《あ》けてしまうことも珍しくなかった。レストランを経由せず、いきなりバーで飲みはじめるにしても、けっこうな金がかかった。実家暮らしで小遣いに余裕がなければ、そんなデートを週一や週二のペースで続けることはできなかっただろう。

ブリッ子でも、飲めば酔った。機嫌よく酔っているときの満里奈は笑顔が明るく華やかで、健一はとてもいい気分になった。そのときばかりは、散財のことは忘れて素直《すなお》におしゃべりを楽しむことができた。

「わたしね、次の誕生日までに運命の人と巡《めぐ》りあえるって、占いで言われたんですよ。よく当たるって評判の、新宿《しんじゅく》の占い師さん」

満里奈は酔うと決まってそんなことを言っていた。

「俺のことじゃないの？　最近よく会ってるし」

健一が酔ったふりをして言ったのは、たしか自由《じゆう》が丘《おか》にある小さなワインバーだった。

「えー、えー。違うと思う」

満里奈は楽しげに笑いながら答えた。

「なんで？」

「うーん、なんでも……理由はないですけど……」

「そんなこと言わないで、俺も候補に入れてくれよ……」

健一はがっかりしつつも食いさがった。

「わたしのこと、好きなんですか？」

満里奈が勝ち誇《ほこ》った顔で訊《たず》ねてきたので、

「……ああ」

健一はうなずいた。言葉にしたことはなかったが、そんなことはとっくに彼女も気付いているはずだった。

「ふふっ、嬉《うれ》しい……」

満里奈は笑いながらも、言葉を継《つ》いでくれなかった。あなたのことなんてまったく相手にしていない、と言わんばかりだった。

そのときすでに、五回目か六回目のデートだったので、やはり脈はないのだろうか、と健一は思いはじめた。脈がないなら深追いしないほうがいい。そのほうが心の痛手が少なくてすむ。

しかし、遠路はるばる彼女を自宅までタクシーで送り、しばらくするとこんなメールが届いた。

――どうして帰っちゃうんですか？　キスしてほしいって思ってたのに。

健一の心は千々《ちぢ》に乱れた。

彼女は単なるブリッ子ではなく、魔性の女ではないかと思った。

その次のデートはひどく緊張した。

彼女が本心でキスを求めているのか、あるいはからかっただけなのか、見極めなければならないと思った。あるいは、天然で男を振りまわすタイプなのか、わざとなのか……。

そのためには、こちらも傷つく覚悟が必要だった。

本気で告白するべきときが来たのだと腹を括《くく》った。

「今夜はちょっと贅沢にいかないか?」

健一はその日、夜景が大変に美しいと評判な外資系高層ホテルのバーにエスコートするつもりだった。眼もくらむような料金を請求されそうだったが、なんだったら、泊まってさえいいと思っていた。

「わたし、行ってみたいところがあるんだけどな」

しかし、満里奈が珍しく自分からそんなことを言ってきた。

「えっ、どこ?」

「ゴールデン街」

「……新宿の?」

「そうそう。あそこで友達がお店をやってるの」

「へええ……」

健一は不思議な気分でうなずいた。

新宿ゴールデン街はいまだ戦後の風景を引きずっているような場所で、こう言っては悪いが、古くて狭い飲み屋ばかりが肩を寄せ合うようにして軒《のき》を連《つら》ねている。とても満里奈が行きたがるような場所には思えなかったし、友達がやっている店というのも驚かされた。彼女は気軽に友達を紹介してくれるようなタイプではないから、ちょっとした異変だったと言っていい。

案内された店は予想通りに古くて狭く、五、六人も座ればいっぱいのカウンター席があるだけだった。まわりの店と同様、ひとりでやっているのだろう。カウンターの中に、五十がらみの派手な格好をした女がいた。ミュージシャン崩れというか、劇団員崩れというか、そんな感じだ。とても満里奈の友達には見えなかった。

おまけにその女主人は、満里奈の顔をひと目見るなり、

「あっ、ちょうどよかった。ちょっと買い物してくるから、店番してて……」

そう言い残して、店を出ていってしまった。店には他に客がいなかったが、驚くべきアバウトさである。

「……いまの人が友達なのか？」

健一が啞然《あぜん》として訊ねると、

「そう。昔ね、一緒のカフェで働いてたの。あの人、ああ見えて料理がすごく上手なの。グリーンカレーとか、タコライスとか」

満里奈はそそくさとカウンターに入り、瓶《びん》ビールとグラスを出した。

「どうぞ」

「ここ、よく来るの？」

「三回目かな……」

「どうして今日来たかったんだよ?」

「うーん、べつに理由はないけど……」

満里奈はカウンターから出てきて健一の隣の席に腰をおろすと、瓶ビールの栓《せん》を抜き、ふたつのグラスに注いだ。

「乾杯しましょう」

「ああ……」

健一はどうにも落ち着かない気分でグラスを合わせた。本気で告白するつもりだった悲《ひ》壮《そう》な覚悟が、まだ胸の中でくすぶっていた。しかし、こんな狭い店では告白など無理だろう。なにをしゃべっても、店中に筒《つつ》抜《ぬ》けだ。女主人が帰ってきたら、適当なところで次の店に移ったほうがいい。幸いなことに、行こうと思っていた高層ホテルは西新宿なので、タクシーに乗ればすぐである。

ところが、女主人は延々一時間以上も帰ってこなかった。

健一と満里奈は瓶ビールを三本空け、勝手にウイスキーのボトルも開けて飲みはじめた。なんとなくお互いに黙ったままだったが、水割りを五杯も飲めば、さすがに黙っていられないくらい酔ってきた。

「この前のメール……」

健一は酔った勢いで言ってしまった。

「キスしたかったなんて書いてあったけど、どういう意味？」

「書いたままの意味ですけど……」

満里奈はぼんやりと答えてから、ハッとした。

「そういえばわたし、けっこう長い時間、道路で待ってたんですよ。メール見て、戻ってきてくれるんじゃないかって……」

「そ、そうだったの……」

「そうですよう……」

満里奈が真顔で言ったので、健一は焦《あせ》った。

「じゃ、じゃあ、その……戻れば、キスさせてくれたわけ？」

「だって、わたしがしたかったんだもん。恋人候補にしてほしいって言われて、嬉しかったから……」

視線と視線がぶつかった。健一の心臓は爆発せんばかりに高鳴り、口から飛びだしてしまいそうだった。

からかってるんだろう、と言いたかったが、言えなかった。満里奈の表情が、あまりにも真剣だったからだ。本気でキスがしたいと思ってくれればいいと、健一が願っていたからだ。

そして次の瞬間――。

満里奈が顔を近づけてきて、唇と唇が触れあった。

一秒にも満たない短いキスだったが、たしかにそれはキスだった。

3

「ごめんねえ、ちょっと知りあいの店に寄ったら、つかまっちゃって……」

派手な格好の女主人が店に戻ってきたのは、満里奈がキスを与えてくれてからすぐのことだった。おそらく、一分も経っていない。下手《へた》をすれば見つかっていたかもしれないのに、満里奈はシレッとした顔で、

「もうっ！　遅すぎますよ」

女主人に文句を言った。

「他のお客さんきたらどうしようって、焦っちゃったじゃないですか」

「ごめん、ごめん。でも久しぶりねえ」

「一年ぶり？　もっとかな？」

懐《なつ》かしそうに眼を細めて昔話を始めたふたりをよそに、健一は茫然《ぼうぜん》自失の状態にいた。唇に、まだ満里奈の唇の感触が残っていた。彼女は口がとても小さいが、唇はマシュマロのように柔《やわ》らかかった。

いや……。

そんなことはどうだっていい。

いまのはいったい、なんだったのだろう。

恋人にしてあげるという意思表示なのか、あるいは単なる悪戯《いたずら》なのか……。

もちろん、前者であってほしかった。健一の眼には、満里奈が単なる悪戯でキスをするような女には見えない。

メールの件もそうだが、もっとモテる人生を送ってきたなら、これほど判断に苦しむことはなかっただろう。そう思うと、悔しさに身をよじりたくなった。

女心がさっぱりわからなかった。満里奈はいま、本気でキスをしてきたと判断して大丈夫だろうか。もっと言えば、挑発してきたのだろうか。ここから先は、男のあなたがリードしてと……。

しばらくすると、店の扉が開き、ドヤドヤと客が入ってきた。

「三人だけど、入れる?」

客のひとりが訊ね、

「うーん、つめてもらえば大丈夫かな?」

女主人は答えたが、

「あっ、いいです。わたしたち、もう行きますから」

満里奈はそう言って席を立った。もちろん、健一にも異論はなかった。勘定《かんじょう》を払って外に出ると、木枯《こが》らしが吹いていた。ゴールデン街の景色は昭和の残照そのもので、タイムスリップしたような非日常的な感覚にとらわれた。

「寒いけど、少し歩かない?」

「ああ……」

健一はうなずき、歩きだした。土地勘はあまりなかったが、歌舞伎町《かぶきちょう》の喧噪《けんそう》は避《さ》けたかったので、暗くなっている方に向かった。

唇には、マシュマロのようなキスの感触がまだ残っていた。話題を探してもなにも口にできないのは、頭の中がキスのことばかりに占領されていたからだろう。

遊歩道を抜けると、歌舞伎町の裏手に出たようだった。ひっそりと静まりかえった街並みの中に、ラブホテルの看板が見えた。

「あのさあ……」

ありったけの勇気を振りしぼって、健一は言った。

「さっきの続き、させてもらえない？」

「えっ？」

夜闇の中で満里奈の眼が吊《つ》りあがったように見えたのは、不安が呼んだ錯覚《さっかく》なのかもしれない。よく見ればべつに怒っている様子でもなかったのだが、健一の気持ちはすっかりこわばってしまい、

「キスだけでいいんだ……」

腰の砕《くだ》けた台詞《せりふ》を口にしてしまった。

「さっきはほら、一瞬で終わっちゃったから、もっときちんと味わいたいというか……約束する、キスだけしかしない」

誓《ちか》って言うが、そのときは本気でそう思った。しかし、嘘《うそ》をついてラブホテルに女を連れこもうとする男の台詞そのままだったので、はっきり言って恥ずかしかった。好きだから抱きたいと口にできる男らしさが、どうして自分にはないのだろうと自己嫌悪《けんお》がこみあげてきた。

救いは、満里奈がうなずいてくれたことだ。

「べつに……いいけど……」

満里奈は顔をそむけ、夜闇のせいもあって表情がうかがえなくなった。

それでも、了解を得たからには自分がリードしなければならない。健一は満里奈の手を握って、ラブホテルの門をくぐった。ありがたいことに、満里奈は手を振り払ったりしなかった。

健一は息苦しいくらい緊張しながらも、どこか覚《さ》めていた。きっと、あまりにも現実感がなかったせいだろう。たしかにデートは重ねていたが、彼女から好意を感じたことはない。自分と男女の関係になってもいいと彼女が考えているなどと、キスまでされたのにまだ思えなかった。

部屋は落ち着いた雰囲気だった。壁紙やベッドカヴァーがベージュ系で統一され、フローリングの床に、ダークオレンジの間接照明……。

ただ部屋の面積に対し、ベッドがやたらに大きかった。内装は落ち着いていても、やはりそこは、男と女が裸になり、淫《みだ》らな汗をかくために用意された密室だった。

「どうしたの？」

立ちすくんで動かない健一の顔を、満里奈がのぞきこんでくる。

「い、いや……」

健一が顔をこわばらせて答えると、

「ふふっ……」

満里奈は悪戯っぽく笑って、ベッドに腰をおろした。その部屋には、そこしか座るところがなかった。

ふたりは手を繋いでいたので、必然的に健一もベッドに腰をおろした。体と体が近かった。健一はスーツの上にコートを着たままで、満里奈もまた、紺《こん》色のピーコートを着たままだった。

健一は繋いでいた手を離し、満里奈の肩を抱いた。コート越しにも、華奢《きゃしゃ》な肩であることが伝わってきた。いや、小柄なので体全体が華奢なのだ。

ゆっくりと顔を近づけていった。

満里奈が唇を逃がし、健一が追いかける。

それを何度か繰り返してから、ようやくキスをすることができた。

「ぅんんっ……」

満里奈は眼を閉じていたが、健一は薄眼《うすめ》を開けていた。近くで見ると、睫毛《まつげ》の長さが感動的だった。キスの時間が長引くにつれ、眼の下がねっとりと紅潮《こうちょう》していった。たまらなく可愛らしかった。

先に口を開いて舌を差しだしてきたのは、満里奈だった。

酔っていたのだろう。舌をからめあうと、ウィスキーの香りがした。健一も酔ってい

た。アルコール以上に、満里奈とキスを交《か》わしていることに酔いしれて、感動に気が遠く

なりそうだった。

「ぅんんっ……ぅんあっ……」

しつこく舌をからめていくと、満里奈は舌先をチロチロと動かしはじめた。満里奈の舌

は小さくてつるつるしていたから、そんな動きをされると、まるで舌が敏感な性感帯にな

ってしまったかのように気持ちよかった。と同時に、言いようのない切迫感《せっぱく》が、舌の動き

から伝わってきた。チロチロした舌の動きが彼女の心の動きそのもののように感じられ、

興奮がこみあげてきた。もっとわたしを食べて、と挑発された気がしたのである。

「……あんっ！」

ベッドに押し倒すと、満里奈は小さく悲鳴をあげた。健一は上から覆《おお》い被《かぶ》さるようにし

て、満里奈に顔を近づけていく。

「キスだけじゃ、なかったの？」

満里奈が甘えるような声で言い、

「キスだけさ……」

健一は震える声で答えた。ズボンの下では、痛いくらいに勃起《ぼっき》していた。いますぐ彼女を貫《つらぬ》きたいほど、興奮しきっていた。

しかし、それでもやはり、頭はどこか覚めている。現実感がわいてこない。キスをしているだけでも夢の中にいるようなのに、セックスまでしてしまうことができるのかどうか、本当にわからない。

「……っんんっ！」

もう一度、唇を重ねた。もはやお互い、遠慮《えんりよ》せずに口を開き、大胆に舌をからめあった。いまから考えても、このときの満里奈は積極的だった。セックスを始めるのにひどく時間がかかる彼女が、そんなふうに応じてくれたのは、キスだけしかしないつもりだったからか。あるいは、他に理由があったのか……。

「ぅんんっ……」

やがて、キスを続けながら、満里奈が体を入れ替えてきた。今度は健一があお向けになり、満里奈が上から覆い被さる格好になる。女性上位になったせいか、ますます大胆に、ねっとりと舌をからめてきた。

「ぅんんっ……ぅんんっ……」

お互いの唾液《だえき》を啜《すす》りあい、熱い吐息《といき》をぶつけあった。激しいまでに男の舌をむさぼってくる満里奈はいつものブリッ子ではなく、なんだか野性味にあふれていた。愛《いと》しさがこみあげてきて、健一はショートカットの髪を撫《な》でた。興奮と愛しさが奇跡的なバランスを保ち、不意に訪れた多幸感に涙が出そうになる。しかし、満里奈の舌の動きがいやらしすぎて、じわじわと興奮のほうが上まわっていく。

「……なあ」

健一はキスをとき、髪を撫でていた右手を満里奈の頬《ほお》にあてた。淫らなまでに熱く火照《ほて》っていた。

「約束、破ってもいいかい？」

満里奈は答えなかった。ただ、濡《ぬ》れた瞳で見つめてくる。

「キスだけじゃなくて……もっと……しても……」

次の瞬間、満里奈は自分の頬を包んでいた健一の指に嚙《か》みついた。甘嚙みではなく、骨まで削《けず》るような嚙み方だった。

「痛い痛い痛いっ……」

健一が悲鳴をあげると、満里奈は嚙むのをやめて笑った。

「キスだけっていう約束でしょ」

勝ち誇ったように言い、唇を重ねてきた。小さな口を必死にひらき、いやらしいくらい舌を動かした。

健一は呆然としながら舌をからめあった。指が痛かった。ズキズキと疼《うず》いていたが、次《し》第《だい》にどうでもよくなっていった。

満里奈とのキスに夢中になってしまったからだ。

その日は結局、キスしかしないでホテルを出た。服を着たまま抱きあったりはしたけれど、終電の時間までキス以外のことはなにもしなかった。

ラブホテルに女を連れこむときの約束を守る男が本当にいるのだと、健一は自分で自分に驚いてしまった。

4

「すいません、同じのおかわりください……」

健一はバーテンを呼んで安いスコッチをグラスに注いでもらい、胸のざわめきを抑《おさ》えるように飲んだ。

素晴らしい思い出だった。

満里奈とのいい思い出はたくさんあるが、あのキスだけを延々と続けたラブホテルでの数時間は、その中でも白眉《はくび》かもしれない。

セックスはしなかったけれど、彼女の中の野性が見えた。あとから聞いた話では、かなり酔っ払っていたらしいが、ブリッ子でもお姫様気取りでもない満里奈の本性に、触れることができた気がした。

だから、キスだけしかしなかったにもかかわらず、ふたりが獣《けもの》になる瞬間は、そう遠くないように思われた。

次のデートでは、ふたりで酔っ払った。神楽坂《かぐらざか》でバーを三軒もはしごした。お互い口にはしなかったが、今夜はベッドインかもしれないという思いを胸に抱いていたせいだろう。その緊張から逃れるために、飲まずにはいられなかった。「次はホテルに行こう」と言いだせなくて、バーからバーへ、また似たような店へとはしごしてしまったわけである。

千鳥足で飯田橋《いいだばし》までの坂をくだってくると、すでにJRも地下鉄も終電が終わっていた。怖いくらいに静まりかえった深夜のオフィス街を、手を繋いで歩いた。途中、人目につかないところでキスをしても、満里奈は怒らなかった。

これはいける、と健一は思い、タクシーをとめて「近くのラブホテルへ行ってください」と運転手に告《つ》げた。

われながら恥も外聞《がいぶん》もない振る舞いだったと思う。誘う気が少しでもあったのなら、せめてホテルの場所くらい調べておくべきであり、シートに並んでいる満里奈が堂々としてくれていたことだけが、唯一の救いだった。

タクシーの運転手が連れていってくれたのは、湯島《ゆしま》のラブホテル街だった。道路の両脇にラブホテルばかりが林立している様子が壮観だった。清潔そうなところを選んで入ると、歌舞伎町で入ったよりずっと広い部屋が迎えてくれた。壁が水色で、ところどころにマリングッズの小物が配されていて、まるで海辺のペンションのような趣《おもむき》だった。

とはいえ健一は、そしておそらく満里奈も、部屋がどんな趣であろうが、関係なかった。コートだけ脱いでベッドに倒れこんだ。眼は冴《さ》えていたが、体は睡眠を欲していた。飲みすぎると勃《た》ちが悪くなり、中折れの危険性があることも自覚していた。それでも、満里奈を抱きしめてキスをした。快楽のためというよりも、既成《きせい》事実をつくるためにセックスを始めようとしていた。

酔った勢いであろうがなんであろうが、一度体を重ねてしまえば、二度目のハードルは極端に低くなる。快楽を追求するのは、そういう関係になってからでいい。まずは最初のハードルを突破することが大事なのである。

「ぅんんっ……ぅんんっ……」

口に残った酒の香りが消えるまで、じっくりと舌を吸いあった。大いなる期待と不安に駆《か》られつつ、服の上から満里奈の体をまさぐった。満里奈は白いセーターにチェックのミニスカート、黒いニーハイブーツという装いだった。健一はセーターの上から乳房を揉《も》みしだき、可愛いふくらみ具合に息を呑《の》んだ。決して大きくはなかったが、ふくらみ方がひどくそそる。セーター越しに揉みしだいていると、生身に触れたくてたまらなくなってきた。

セーターの中に両手を突っこみ、ブラジャーのホックをはずしたのは、脱《ぬ》がす勇気がなかったからだ。セーターと一緒にピンク色のブラのカップをめくりあげ、ふたつの胸のふくらみを露《あら》わにすると、

「やんっ！」

満里奈は顔を真っ赤にしてそむけた。

健一は感動していた。こんなにも白く、初々《ういうい》しい乳房は見たことがないと思った。乳首の淡《あわ》い桜色が、眼に染みるようだった。ふくらみをやわやわと揉みしだき、乳首をやさしく舐めまわした。

その時点ではまだ、乳首が満里奈のスイッチであることを知らなかった。だから、しつこく愛撫《あいぶ》してしまったのは、感動のせいだった。可愛い顔をしているくせに、おっぱいま

でこんなに可愛いなんてずるいと思った。揉んだり舐めたりしていることに、言いようのない罪悪感さえ覚えてしまった。こんなことしていいのだろうかと思いながら、チューチューと乳首を吸いたてた。

「ああっ、いやっ……あああっ……」

満里奈はハアハアと息をはずませ、次第に表情を蕩《とろ》けさせていった。眼の下の色を羞恥《しゅうち》の赤から発情のピンク色へと変化させ、眉根《まゆね》をきゅうっと寄せていく。長い睫毛をフルフルと震わせ、唇が淫らな半開きになる。

健一はその表情に激しく興奮しながら、右手を彼女の下半身に伸ばしていった。太腿《ふともも》を撫でると、ざらついたナイロンの感触がした。パンティストッキングの感触だ。ドキドキしながらチェックのミニスカートをめくりあげると、ナチュラルカラーのナイロンにピンクのショーツが透《す》けていた。

その瞬間、健一の頭は真っ白になった。パンティストッキングのセンターシームがいやらしすぎて、なにも考えられなくなってしまったのだ。

右手を股間《こかん》に近づけていくと、淫らなほどの熱気を感じ、

「熱い……」

思わずつぶやくと、

「そこはいつも熱いんです！」

満里奈は頬をふくらませた。決して興奮しているわけではないと言いたかったらしいが、興奮していることはあきらかだった。

健一は右手を両脚の間に近づけ、股間にあてがった。ヴィーナスの丘の盛りあがり方が、やけにこんもりしていていやらしすぎた。女の割れ目の上に添《そ》えられた中指には、熱気とともに湿気も伝わってきた。妖《あや》しいほどにねっとりしたなにかが、指にからみついてきた。

「んんっ！　あああっ……」

ねちり、ねちり、と中指を動かすと、満里奈は身をよじりはじめた。最初は羞じらっているようだったが、次第に感じていることを隠しきれなくなっていく。健一が両脚を開かせると、二、三度抵抗して脚を閉じたが、そのうち閉じることができなくなった。尺取り虫《しゃくとり》のように動く中指の愛撫に呼応して、腰が揺らぎはじめていた。

健一は驚いた。

満里奈のような顔をしていても、両脚の間をいじれば感じることに驚愕《きょうがく》してしまった。なにを馬鹿なことを、と言われるかもしれないが、彼女はそれほど可愛いのである。セックスなんて知りませんと言われたら信じてしまいそうなくらい、ピュアな清《きよ》らかさがあるのだ。

けれどもやはり、満里奈も二十六歳の女だった。成熟はしていなくても、もう子供ではない。男と女の秘密の営《いとな》みについて知識もあれば、経験もある。小柄な体軀《たいく》の奥底に、恥ずかしい行為《こうい》でしか満たされないものを秘めている。

健一はたまらない気分になってきた。

酔いと興奮が雄々《おお》しい衝動《しょうどう》を勃発《ぼっぱつ》させ、いてもたってもいられなくなった。

体を起こし、満里奈の両脚の間に腰をすべりこませた。彼女はまだ、黒いニーハイブーツを履《は》いたままだった。健一にしても、スーツにネクタイをしたままだったが、服を脱いだり脱がせたりすることが、途轍《とてつ》もなく面倒なことに思え、

「ごめんっ！」

切羽《せっぱ》つまった顔で満里奈を見た。

「あとで弁償《べんしょう》するから、ストッキング破ってもいい？」

「ええっ？　ええええっ？」

満里奈は困惑するばかりで言葉を返してこなかったが、

「いいだろう？　頼む……」

健一は返事を待たずにストッキングをビリビリと破り、ショーツのフロント部分を片側

に寄せた。

「み、見ないでっ！」

満里奈は悲鳴にも似た声をあげ、露わになった女の部分を隠した。その表情は、もはや困惑に曇っていなかった。要するに、ストッキングを破るのはＯＫでも、陰部をつぶさに見ることはＮＧということらしい。

「わかった、見ない……見ないから……」

健一は満里奈をなだめつつ、自分のベルトをはずし、ズボンとブリーフをさげた。勃起しきった男根を取りだし、臍を叩《たた》きそうな勢いで反《そ》り返っているそれを、満里奈に見せつけた。見てほしいという欲望もまた、雄々しい衝動の一環だった。

「やだ……」

満里奈は恥ずかしそうに顔をそむけた。

「なんか……すごく……大きくないですか？」

顔をそむけつつも手を伸ばし、熱い脈動を打っている男根を指先で包みこむ。ぎこちない手つきで、すりっ、すりっ、としごきたてる。

「むむっ……」

息を呑む健一に、

「これ……い、異常に大きい？」

満里奈が真顔で訊ねてきた。

「いや……そんなことは……ないんじゃないか……」

健一は曖昧《あいまい》に首をかしげた。謙遜《けんそん》でもなんでもなかった。いままで体を重ねた女にはそんなことを言われたことがなかったし、十代のころ気になって測《はか》ってみたことがあるが、日本人の平均よりほんの少しだけ長いくらいだった。

「ううん、絶対大きい……ちゃんと入るかしら……」

満里奈はお世辞を言うタイプではないから、いままで付き合った男たちが短小だったに違いない。とはいえ、そんなことはどうでもよかった。前の彼氏が巨根で絶倫というよりはずっとマシだ、くらいにしか思わなかった。

「ゆっくり入れれば大丈夫さ……」

健一はいきり勃つ男根を握りしめ、結合の体勢をとった。満里奈がまだ肝心な部分を手で隠していたが、亀頭にヌルリとした感触がしたので入口はわかった。

「いくよ……」

ぐっと腰を前に送りだし、上体を満里奈に被せた。もう見える角度ではないと判断した満里奈が、股間から手をどける。

「むむっ……むむむっ……」

健一は唸《うな》りながら、むりむりと中に入っていった。満里奈の蜜壺は、たしかに狭かった。とはいえ、充分に濡れていたので入れないということはまったくない。密着感が、かえって気持ちよかった。小さな穴に入っていき、奥まで征服していく実感に、体中が火を放たれたように熱くなっていった。

「んんんっ……んんんっ……」

満里奈は苦しげに息を呑み、ぎゅっと眼をつぶっている。やさしくしてやらなければならない、と思った。今日のところは、無事結合を果たし、肉体関係の既成事実をつくるだけで充分なのだ。快楽は次の機会でOKだ。嫌われないことだけを心がけ、愛しているという気持ちが伝わればそれでいい。

「あああっ……くぅううーっ！」

男根を根元まで挿入すると、満里奈が腕の中でのけぞった。ついにひとつになったのだ、という感動に、健一も全身を震わせた。久しぶりのセックスだったこともあり、ヌメヌメした肉ひだに男根を包まれている感触が、気が遠くなりそうなくらい心地よかった。ただ繋がっただけで、眼もくらむような愉悦《ゆえつ》が訪れた。直接的な快感ともまた違う、体中の細胞が悦《よろこ》び、ざわめいているような、不思議な感覚だった。多幸感と言ってもいいかもしれない。

「う、動いてもいい？」

「……うん」

うなずいた満里奈は、すでにハアハアと息をはずませていた。いままでの彼氏が短小だったせいで、苦しいのかもしれない。健一はこれ以上慎重《しんちょう》にはなれないというほど慎重に、腰を使いはじめた。ゆっくりと抜き、またゆっくりと入り直す。それも奥まで行かないで、浅瀬のあたりをヌプヌプと穿《うが》つ。

「んんんっ……んんんっ……あああっ！　あああああっ！」

リズムに合わせて、満里奈の声が跳ねあがっていく。といっても、まだピッチはかなり遅い。もっとも、健一にしても、遅いピッチに嵌《は》まっていた。こんなにゆっくり腰を使っているのに、こんなに気持ちがいいのは初めてだと思った。

だが、じわり、じわり、とピッチをあげていくと、後悔がこみあげてきた。

服を脱いでおけばよかった。まくりあげたセーターから白い乳房をこぼし、ニーハイブーツを履いた両脚をＭ字に開き、ストッキングを破られて貫かれている満里奈の姿は、夢に出てきそうなほどいやらしかったけれど、抱き心地がよくわからなかった。せめて自分の服くらいもう少し脱いでおくべきだったのに、あろうことかスーツのジャケットを着たままネクタイまで締めている。

「むううっ！　むううっ！」

それでも、むきになって腰を使った。浅瀬で抜き差ししながら、時折奥まで突きあげると、亀頭がコリコリした子宮を叩いたのがはっきりとわかった。

それでも深い連打を放たなかったのは、満里奈に気を遣ったせいでもあるし、いつか週刊誌で読んだ「九浅一深」というやり方が頭に浮かんだせいもあった。九回浅めに出し入れして、焦《じ》らしたところで一回深々と突きあげると、女はたまらなく気持ちいいらしい。

「あああっ……んんんっ……んんんっ……あああーっ！」

満里奈がどれだけ感じてくれているのかは正確にわかるものではなかったけれど、健一はすでにかなり満足していた。酒を飲みすぎたせいで射精まで辿《たど》りつくのは難しそうだったが、男根を抜き差ししているだけで満たされるものがあった。ただ繋がっているだけで、喩《たと》えようもない悦びを覚えてしまう。

「あああっ……はぁあああっ……」

小鼻を赤くしてあえいでいる満里奈の顔をチラチラと見ながら、思えば遠くへ来たものだと思った。会社が終わったあと彼女を追いかけ、路上で何度も袖《そで》にされたことや、一緒に蕎麦を食べたことが、走馬燈《そうまとう》のように脳裏《のうり》を駆け巡っていった。居心地のいいバーを求めて東京中の盛り場《さかば》をまわり、新宿ゴールデン街のようなところにまで足を運んだ。ラブホテルに入ったのにキスしかしなかった。思いきり指を嚙まれて痛い思いをしたのも、いまとなってはいい思い出だ。

「むううっ！　むううっ！」

射精まではやはり遠そうなのに、男根はどこまでも硬《かた》くみなぎっていった。最高だった。これで満里奈は、まがうことなき恋人だ。これからふたりの第二幕が始まり、幸せの階段をひとつずつのぼっていくのだ。

そんなことをぼんやり考えていたときだった。

「け、健一さんっ！」

満里奈が急に叫び声をあげ、しがみついてきた。いままでとはあきらかに違う、なにかに驚愕《きようがく》した声だった。

「わ、わたし、イキそうっ……イッ、イッちゃいそうっ……」

ぎゅっと眼を閉じ、ちぎれんばかりに首を振る。限界まで眉根を寄せ、あわあわと唇をわななかせる。

まさか、と健一は思った。

女はそれほど簡単にオルガスムスに達しないというのが、健一の認識だった。イカせたことがないわけではないけれど、満里奈のレスポンスはあまりにも早かった。いや、誤解していたのかもしれない。健一は、彼女がまだ女の悦びを知らないのではないかと思っていたのだ。

しかし、現実の満里奈はイキたがっている。可愛い顔を羞じらいと発情に歪めきり、いまにも高みにのぼりつめていこうとしている。

「むうっ！」

健一は腰の動きに熱をこめた。女体が浮きあがるほどの勢いで、ずんずんっ、ずんずんっ、と連打を浴《あ》びせた。

女がイキたがっているのなら、イカせてやるのが男の務《つと》めに違いない。息をとめ、顔を真っ赤にして最奥まで貫いた。はちきれんばかりに硬くなった男根で、コリコリした子宮をしたたかに突きあげた。

「はっ、はぁああああああーっ！」

満里奈は獣じみた悲鳴をあげ、白い喉を突きだした。蜜壺が締まりと粘《ねば》り気を増し、男根を食い締めてきた。女体が急にこわばったと思った次の瞬間、ビクンッ、ビクンッ、と腰が跳ねあがり、健一は抱擁《ほうよう》を強めた。ぶるぶるっ、ぶるぶるっ、と痙攣《けいれん》を開始した女体をきつく抱きしめながら、満里奈がオルガスムスの頂点からおりてくるまで、怒濤《どとう》の連打を浴びせつづけた。

5

その日は、満里奈がイキきったところでまぐわいは終了した。

お互い全裸にもならず、フェラチオもクンニリングスも、射精さえないセックスだったが、健一は満足していた。満足したからこそ、男根を抜き去り、オルガスムスの余韻《よいん》に打ち震えている満里奈を、横からやさしく抱きしめたのだった。

「す、すごかった……」

まだ呼吸が整っていないのに、満里奈は健一を見て言った。絶叫マシーンから降りてきた少女のように、瞳をキラキラと輝かせていた。

「こ、こんなに簡単にイカされちゃったの……わたし、初めて……」

「そうか……」

「そうよ。だってわたし、いままでなら十回に一回くらいしかイカなかったもの。それなのに……ああ、ホントにすごかった……」

健一はどういう顔をしていいかわからず、曖昧に笑いながら満里奈の背中を撫でつづけた。

場数を踏《ふ》んだモテ男なら、こんな場面で堂々と胸を張っているのだろうが、健一には自分の力で満里奈をイカせたという実感がなかった。駆使《くし》するほどのテクニックを持ちあわせているわけでもない。どちらかと言えば、満里奈とひとつになれたことに感動しているうちに、満里奈が勝手にイッてしまったという感じだった。

とはいえ、相性のよさは感じていた。

そうであればこそ、満里奈も自分が驚くほどの勢いでオルガスムスに達したのであろう。

だから健一は、得意げに胸を張るかわりに、神様に感謝した。満里奈と体の相性が抜群《ばつぐん》であったことが、泣きたくなるほど嬉しかった。

「イクときってどんな感じ?」

健一は訊ねてみた。顔に似合わないほど激しいイキ方をした彼女だから、訊ねてみたくなったのだ。

「どんなって言われても……」

満里奈はしばしの間、視線を宙に彷徨《さまよ》わせていた。

「瞼《まぶた》の裏に見えてるのはね……温泉」

「温泉？」

健一は苦笑した。

「ずいぶんおかしなものが見えてるんだな……」

「温泉っていうか……あれよ、噴火口から硫黄《いおう》が噴きだしてるところ？　マグマみたいに温泉がぐらぐら沸騰《ふっとう》してて、突然ドーンって水柱が立つ感じ……」

「へええ……」

それならなんとなくわかる気がした。

「その前に……イキそうになる前にね、想像してるのは別のことだけど……」

「なにを想像してるの？」

「えっ？」

満里奈は恥ずかしげに顔をそむけた。

「それは……繋がってるところが……どうなってるのかなあって……こういう感じ？」

左手で手筒をつくり、右手の人差し指を抜き差しする。

「ああ……なるほど……」

健一はうなずきながら、顔が熱くなっていくのを感じた。健一も、ピストン運動を送りこみながら、満里奈の中をどんなふうに貫いているのかをイメージしていた。自分の男根が、濡れた肉ひだに包みこまれ、吸いつかれているところを想像していた。同じことを考えていたと思うと、なんだか恥ずかしい。

いや……。

急に顔が熱くなったのは、満里奈と露骨な会話を交わしていることに興奮してしまったからかもしれない。普段の彼女は、セックスについてこんなふうにフランクに話せる雰囲気はいっさいない。お偉いさんのセクハラは笑って許しても、デートの途中で健一がちょっとでも下ネタを口にすると、眼を吊りあげて睨まれる。すべては既成事実ができ、曲がりなりにも彼女を満足させたおかげだろう。

「でも、すごい動くよね？」

満里奈が顔を向けて言った。

「もうびっくりしちゃった……大きいし、よく動くし……動く角度がすんごいエッチだし……こんなの初めてよ、本当に……」

ひどく真剣な面持《おもも》ちで言われたので、

「う、嬉しいよ……」

健一は急に照れくさくなり、上体を起こした。

「じゃあ、酔い醒《ざ》ましにコーヒーでも飲んで帰るか？　温かいの淹《い》れるから」

部屋のコーナーに、コーヒーメーカーが常備されていたので、そちらに移動しようとすると、

「いいの？」

満里奈が腕をつかみ、股間をチラリと見た。半勃起状態の男根が、満里奈の漏らした蜜《みつ》を浴びてヌラヌラと濡れ光っていた。

「続きをしなくてもいいのかしら？　舐めてあげてもいいよ……」

「いや……」

かなり強烈な誘い文句だったが、健一は首を横に振った。

「俺どうも、酒を飲むと弱くなるみたいで……今度は飲む前にしよう……そのときは舐めてくれよ」

「うん。わたしはその……舐められるの苦手だけどね……」

満里奈が笑い、健一も笑った。ベッドからおりて服を直し、コーヒーを淹れはじめた。

頭の中は、満里奈が施《ほどこ》してくれるフェラチオに占領されていた。そういうプレイは苦手なタイプだと思っていただけに、想像するだけで息苦しいほどの興奮を覚えてしまった。

第四章　なにもできない僕のために

1

ドンドン、ドンドン、と扉をノックする音で起こされた。

「ううう……」

健一はうめきながら枕元の時計を見た。まだ午前七時で、起床時間まであと三十分あるはずだった。頭がズキズキした。昨夜はしたたかに酔って夜中の三時に帰宅したので、四時間しか眠っていないことになる。

「ちょっと、健一！　起きて！　大変なの！」

扉が開き、母の真枝が入ってきた。

「お父さんがカナダで倒れたみたいなのよ。わたしこれから、すぐに向こうに行きますからね……」

「えっ？　な、なんだって……」

健一が上体を起こすと、真枝はもうそこにいなかった。あわててベッドを抜けだし、階段をおりて一階のリビングに行った。母の姿はなかった。両親の寝室に向かうと、開け放たれた扉の向こうで、トランクに服を詰めこんでいた。

「父さんが、なんだって？」

「倒れたの」

真枝は作業を続けながら答えた。

「詳しく説明してくれよ」

「わたしもわからないのよ。同行してる浩二郎《こうじろう》さんから電話があって……」

浩二郎というのは父の弟で、健一の叔父《おじ》にあたる。〈本山材木店〉の副社長であり、父の右腕的存在だ。

「食事をしている途中に急に倒れて、病院に運びこまれたって……脳梗塞《のうこうそく》じゃないかって言ってたけど……」

「脳梗塞……」

健一は息を呑《の》んだ。

「まさか……命に別状は……」

「わからない！」

首を横に振った真枝の表情は青ざめ、切羽《せっぱ》つまっていた。

「じゃあ、俺も行ったほうが……」

「大丈夫。加奈子《かなこ》が一緒に行ってくれるから……」

「姉さんにはもう連絡したの？」

「さっきしました」

健一は不安になった。嫁《よめ》に出した娘を同行させなければならないほど、緊急事態ということらしい。

「じゃあやっぱり俺も……」

「いいから！」

真枝が声を荒らげて立ちあがり、健一の前に詰め寄ってきた。

「あなたはすぐ、会社に行きなさい。みんな混乱してるでしょうけど、大丈夫だって安心させるの。お父さんにもしものことがあっても、会社を傾《かたむ》けるわけにはいかないのよ。どんなことがあっても、しっかりしててちょうだいね」

バンッ、と健一の腰を叩《たた》いて、真枝は荷造りの作業に戻った。

健一は途方に暮れそうだった。

もし、父親が異国の地で帰らぬ人となったら……。

考えたくなかった。

呆然《ぼうぜん》としながら身支度《みじたく》を調《ととの》えた。

「向こうに着いたら、すぐに電話するからね」

という母の言葉に見送られ、とりあえず会社に向かった。

〈本山材木店〉の始業時間は午前九時だ。

しかしその日は、八時を少し過ぎた時刻にもかかわらず、浩二郎叔父をのぞく役員全員が出社していた。専務に常務、営業本部長、総務部長、管理部長。その五人に、健一は会社に着くなり会議室に連れこまれた。いつも父が座っている上座にうながされ、訳《わけ》もわからないまま腰をおろした。

「状況を説明してもらえるかな」

口火を切ったのは、専務取締役の岩沢義郎《いわさわよしろう》だ。

「状況と言われましても……」

健一はしどろもどろに言葉を継《つ》いだ。

「僕もさっき聞いたばかりで……脳梗塞で倒れたとしか……母と姉がすぐにカナダに飛ぶみたいですけど……」

「脳梗塞か……」

専務が言い、部屋中の人間が息を呑んだ。

「病院には？」

「すぐに運ばれたみたいです……」

「じゃあ、命に別状はないだろう」

役員たちは眼を見合わせてうなずきあい、安堵《あんど》の溜息《ためいき》をもらした。それでも、表情は険しくこわばったままだ。

「しかし、長引くかもしれませんな」

「後遺症の心配もある」

「戻ってきても、すぐに現場復帰とはいかないでしょう」

「ふうっ……」

専務は深く息をつくと、

「健一くん……」

眼光鋭く健一を見た。他の役員の視線もいっせいに集まる。

「こういう状況になったからには、キミが社長代理を務《つと》めなきゃならんぞ」

「へっ？」

健一は顔をひきつらせた。

「む、無理ですよ、そんなの……できるわけないじゃないですか。ハハハッ……」

苦笑をしたが、役員たちは誰も笑わなかった。それどころか、ますます表情を険しくして睨《にら》むように見つめてくる。

「笑いごとじゃないんだ……」

専務は唸《うな》るように言った。

「なにもシリアスな経営判断までしろとは言わない。だが、名代として、大事な会議や打ち合わせ、接待《せったい》の席には同席してもらわなきゃならん。なにしろキミは、遅かれ早かれこの会社のトップに座る人間なんだからね」

「い、いや……その……」

健一は背中に冷や汗が流れていくのを感じた。部屋にいる役員たちの表情には、まったく余裕がなかった。会社存亡の危機とでも言いたげに、異様なテンションで息を呑んでいる。

自分が跡継《あとつ》ぎであることは、もちろんわかっていたことだ。

しかしそれは、もう少し先のことだと思っていた。いや、かなり先のことだろうと、高を括《くく》っていたと言っていい。

古希《こき》が近いとはいえ、父は充分エネルギッシュに仕事をしていたし、健康に不安があるようにはとても見えなかったからだ。

健一のやるべきことは、まず所帯をもって大人の仲間入りをし、子供をつくって両親を安心させ、それから父に経営術なり帝王学なりをみっちり叩きこんでもらおうと、ぼんやり思っていたのである。

甘かった。

大甘だった。

会社を継ぐということは、社員とその家族の生活を背負うということであり、健一にはその覚悟がまったくできていなかった。

2

カナダに到着した母からの連絡によれば、父が倒れた原因はやはり脳梗塞ということだった。

命に別状はないが後遺症が心配というのも予想通りで、現地で二ヵ月から三ヵ月の入院が必要らしい。

「リハビリはね、日本でするとしても、長い時間飛行機にも乗らないといけないでしょ。

だから帰国は、しっかり治療《ちりょう》してからのほうがいいと思うの」

「まあ、そうだね」

「お父さんも、いままでずいぶん仕事で無理してきたし。少しゆっくり養生《ようじょう》してもらいたいから……」

姉と叔父は一週間ほどで帰国する予定だが、母はひとりカナダに残り、父の側についていることにしたという。

健一も賛成した。病気のうえ、ひとりで異国に取り残されたのでは、父も不安でしょうがないだろう。

ただ、おかげで健一の生活は一変した。

まず仕事が大変だった。

父の名代として、毎日のように会議や接待に駆《か》りだされ、お偉方《えらがた》の相手をするのは、はっきり言ってかなりしんどかった。もちろん、商談そのものは専務や常務に任せていたし、一週間後に副社長である浩二郎叔父が帰国すると、彼が中心になって進められた。それでも、座にいるだけで経営者の孤独《こどく》やプレッシャーが生々しく実感でき、いずれ自分がトップにならなければならないと思うと、眩暈《めまい》に襲われそうになった。

だが、仕事はまだいい。

ビジネスの現状についての知識や情報を頭に叩きこみ、あとはなるべく堂々としていれば、まわりがなんとかしてくれた。

そんなことより、日常生活の厳しさは想像を遥《はる》かに超えていた。二十九歳まで実家暮らしを通してきた健一にとって、生まれて初めてのひとり暮らしなのである。

なにしろ家事などやったことがない。母親がいなくなってみれば、炊事《すいじ》、洗濯《せんたく》、掃除、すべてに難儀し、二週間もすると心身ともに疲れ果《は》ててしまった。

毎晩遅くまで接待だから、クリーニング屋に行く暇《ひま》がない。週末に出すのを忘れると、帰宅してからワイシャツを自分で洗い、アイロンをかけなければならない。おまけに手先が不器用だから、時間をかけてやったところで、仕上がりは無残なほどよれよれである。

風呂に入るには風呂掃除をしなければならず、トイレに入ればトイレットペーパーが切れている。ビールでも飲もうとグラスを洗えば割ってしまい、それを片付けようとすると指を切る。睡眠時間を削《けず》って身のまわりを整え、寝不足でベッドから這《は》いだしても、一日の活力源であるはずの朝食は用意されていない。

泣きそうだった。

夜中に叫び声をあげたくなるほど、家事というものは煩《わずら》わしかった。

親のありがたみというものが、骨身に染みて理解できたことは、ある意味、収穫《しゅうかく》だったかもしれない。だが、人間には向き不向きというものがある。自分はとことん家事に向いていないということが、はっきりとわかってしまった。

むろん、わかったところで、最低でもあとひと月半はこの生活が続くのである。

「ねえ、大丈夫なの？」

ある日、廊下で彩子に声をかけられた。父が倒れて以来、社長室に詰めているので、営業部の面々とは廊下ですれ違うだけになっていた。

「見るたびに、格好がみすぼらしくなっていくけど……」

「そ、そうか？」

「そうよう。スーツもシャツも疲れてるし、髪もボサボサ。顔色も悪いなあ。きちんとごはん食べてる？」

「だ、大丈夫さ……」

健一は笑顔で答えてその場を去ったが、頰《ほお》が思いきりひきつっていた。

同じ台詞《せりふ》を、浩二郎叔父にも言われたばかりだったからだ。

「義姉《ねえ》さんがいなくなって、家事が大変なんだろう？　うちのを行かそうか？」

「ハハッ、平気ですよ。こう見えて家事はけっこう得意なんです」

健一はきっぱりと首を横に振った。叔母《おば》は性格がきついのでそりが合わないし、なにより家事もできない男と思われるのが嫌だった。曲がりなりにも会社の跡を継ごうという男が、自分の面倒も見られないなんて情けない話ではないか。

しかし……。

金曜日の夜、自宅に帰った健一は、荒れ果てたリビングの光景を見て絶望した。ソファには服が脱《ぬ》ぎっぱなしで、床にまで崩れている。テーブルの上を占領しているのは、コンビニのビニール袋に入った大量のゴミ。キッチンシンクは洗い物の山で、生ゴミに蠅《はえ》がたかっている。おまけに接待でしたたかに飲まされて泥酔《でいすい》寸前だったから、家事をする気力など小指の先ほども残っていなかった。

「これは……もう……ダメだ……」

へなへなとへたりこんだ健一は、ポケットからスマートフォンを出した。

最後の手段だ。

もはや助っ人を呼ぶしかない。

姉の加奈子に電話をするのである。

獣医である加奈子は、ペットショップを何軒も経営している夫を助けて日々忙しく働いているし、カナダに一週間も行ったばかりだった。さすがに家事を頼むのは気が引けてできなかったのだが、手放しで甘えられる相手は他にいなかった。昔から猫っ可愛《かわい》がりで健一にやさしくしてくれた姉なら、週末のどこかで助けにきてくれるに違いない。

電話をしようとした瞬間、玄関で呼《よ》び鈴《りん》が鳴った。

「まさか……姉ちゃん……」

ハッと立ちあがって玄関に向かい、扉を開けると、そこにいたのは姉ではなかった。

「ど、どうしたんだ……」

さすがに声が震えた。

満里奈がツンと澄《す》ました顔で立っていたからである。しかも、ボアの付いたダウンジャケットにジーパンという、見慣れない格好をしている。彼女はフェミニンな装《よそお》いが大好きで、部屋着すらも花柄のワンピースなのだ。

「おひとりなんですよね？」

満里奈がそっぽを向いたまま訊《たず》ねてくる。

「あ、ああ……」

健一は気まずげにうなずいた。

口をきいたのは、二週間ぶりだった。彼女の誕生日に六本木のレストランで険悪な雰囲気になって以来、会社の廊下ですれ違ってもお互いに眼を合わせなかった。

「あがってもいいですか？」

「えっ？　いや……なんで？」

健一は困惑顔で首をかしげたが、

「失礼します」

満里奈は無視して敷居《しきい》をまたぎ、玄関で靴を脱いだ。そのままスタスタと奥へ向かっていき、

「……やっぱり」

絶望的に荒れ果てたリビングを見渡して、深い溜息をついた。

「い、いやあ……」

健一は苦笑して誤魔化《ごまか》すしかなかった。

「社長代行ってのは忙しいもんでね。家事をやってる暇なんて全然ないんだ。べつにできないわけじゃないんだぜ、できないわけじゃ……」

「どうして言ってくれなかったんですか？」

「へっ？」

「家事をする時間がないなら、どうしてわたしに手伝ってほしいって頼んでくれなかったんですか！」

「い、いや、それは……」

喧嘩《けんか》中の相手にそんなこと頼めるわけないじゃないか、と健一は喉《のど》まで出かかった言葉を呑みこんだ。どういうわけか、満里奈は怒っているようだった。余計なことを言って、これ以上怒らせたくなかった。

「顔が疲れてますよ」

唇を尖《とが》らせて言った。

「わたし、片付けておきますから、健一さんはもう休んでください」

ダウンを脱ぎ、ピンク色のトレーナーの腕をまくった。

「ゴミ袋、どこですか？」

「ええーっと……キッチンシンクの下かな」

満里奈はゴミ袋を取りだし、テーブルの上のゴミを集めはじめた。その様子を、健一はただ呆然と突っ立って眺めていた。

「聞こえないんですか？　疲れてるみたいだから休んでください」

「は、はい……」

健一は首をすくめてうなずくと、自室のある二階への階段をのぼっていった。訳がわからなかったが、とりあえず逆《さか》らわないほうがいいような気がした。

それに、満里奈に言われるまでもなく疲れていた。

身も心もくたくたで、言い争いをする気力などまったくなかった。パジャマに着替えてベッドにもぐりこむと、十秒とかからずに深い眠りに落ちていった。

3

翌日は土曜日だった。

一週間ぶりに目覚まし時計をかけずにぐっすり寝て、起きたのは午前十時過ぎだった。

ベッドの中で、昨夜寝る前に起こった事件を思いだした。一瞬、夢かもしれないと思った。あまりに疲労が蓄積《ちくせき》し、したたかに酔ってもいたので、愛《いと》しい恋人が助けにきてくれたらどんなにいいだろうという願望が、まぼろしとなって眼の前に出現したのではないだろうか、と。

確認するために恐るおそる階段をおりていくと、リビングの景色がすっかり変わっていた。

ゴミや洗い物はすべて片付けられ、フローリングの床がピカピカに磨きあげられているうえに、テーブルに花まで飾ってあった。

しかし、満里奈の姿がない。

もう帰ってしまったのかと思ったら、玄関が開く音がして、スーパーの買い物袋を手に戻ってきた。

「あっ、起きたんですか？　おはようございます」

「お、おはよう……」

健一は焦《あせ》った。あまり深く考えず、寝癖《ねぐせ》のついた髪によれよれのパジャマというだらしない格好で、階下におりてきてしまったからだ。

「気持ちがいいですよね、掃除したばっかりの部屋って。空気が新鮮で」

満里奈は芝居《しばい》じみたわざとらしい笑顔を浮かべて言うと、両手をひろげて深呼吸した。

「わ、悪いことしたな。大変だったんじゃないか、ひとりで全部片付けるの……」

「好きでやったことですから」

「でもフローリングまでピカピカだぜ。すごいな。業者並みだな……」

健一は驚愕《きょうがく》を隠せなかった。満里奈は昨夜見たピンク色のトレーナーとジーパンのままだった。つまり、ひと晩中、寝ないで家事に勤《いそ》しんでくれたわけだ。

「掃除、得意なんです」

満里奈は褒め言葉に納得すると、わざとらしい笑顔を引っこめた。

「ごはん、あと三十分くらいでできますから、シャワーでも浴《あ》びたらどうですか？」

「そ、そうね……」

健一はすごすごとバスルームに逃げこんだ。頭が混乱していた。バスルームもまた、タイルの目地まできれいに掃除されていたので、混乱を深めながら熱いシャワーを頭から浴びた。

いったい、どういうことだろう？

どうして満里奈は、予告もなしに家事を手伝いに来てくれたのだろう？　会社の廊下ですれ違うときは、誕生日のときの喧嘩を引きずり、眼も合わせてくれなかったのに……。喧嘩中でも恋人は恋人、相手が困っていれば助けなければならないというのが、彼女の中にある常識なのだろうか？

胸が熱くなった。

そうであってくれたなら、どれだけいいだろう。いままでのわがままくらい、水に流してお釣《つ》りがくる。

バスルームから出ると、テーブルに朝食の準備ができていた。

ごはんと味噌汁《みそしる》、焼き魚、煮物、海苔《のり》、漬け物……由緒《ゆいしょ》正しい和の朝食がセッティングされていたので、健一は驚きを隠せなかった。彼女がつくってくれるのは、いつだってオムライスやグラタンやパスタなど、見栄《みば》えはいいがカロリーと塩分が過多なカフェ飯のようなものばかりだったからである。

「外食ばっかりで家庭料理に飢《う》えてると思って、こんなメニューにしてみました」

満里奈の言葉に、健一の胸は再び熱くなった。

ブリッ子でお姫様気取りでやたらに金のかかるわがままな女だと思っていたけれど、心根はやさしく思いやりに満ちていたのだ。いざとなれば男のために、これほど尽《つ》くしてくれる女だったのだ。

感動してしまった。

しかも満里奈は、その日から毎日のようにやってきてくれるようになった。

鍵《かぎ》を預けてほしいというのでその通りにすると、深夜に健一が帰ったときには掃除も洗い物も洗濯も完了し、翌日の朝食が冷蔵庫の中に用意されていた。自室のベッドはきれいにメイクされ、クリーニング屋から出してきたスーツとワイシャツが揃《そろ》えられていた。

いまどき、専業主婦だって、ここまで完璧に家事をこなせる女はザラにはいないだろうと思った。

両親に見せてやりたかった。

俺が選んだ花嫁候補は、こんなに家中をピカピカにしてくれ、栄養バランスを考えた食事だって用意してくれるのだと、自慢したくてしようがなかった。

とはいえ……。

不得手な家事をフォローしてくれる一方で、誕生日の喧嘩に端を発する気まずい雰囲気まで払拭《ふっしょく》されたわけではなかった。

平日はまだいい。

健一が帰宅する深夜には、家が遠い満里奈はすでに家路についており、ほとんど会うことがなかったからだ。

問題は週末である。

満里奈は張りきって朝からやってきて、遅く起きた健一に、心づくしの朝食を振る舞ってくれるのだが、一緒に食べていても会話がなかった。

何曜日にゴミを出しておいてほしいとか、立て替えたクリーニング代を請求されたりとか、事務的なことはしゃべるけれど、それ以外には天気の話すらしない。まだ新婚生活も送っていないのに、どっぷり倦怠期《けんたいき》の夫婦の雰囲気で、せっかくの心づくしの朝食の味もわからなくなる。

健一のほうから折れるべきだった。

誕生日の件を謝り、家事をしてくれていることに礼を言い、これからは仲良くしていこうと言うべきだった。

そんなことはわかっていた。

そして、満里奈が機嫌《きげん》を直してくれたら、やさしくベッドに誘い、恍惚《こうこつ》を分かちあえばいい。セックスの相性で結びついているふたりなのだから、そこまで行けば仲直りなど簡単にできるに決まっている。

だが、わかっていても切りだせなかった。

ひとつには、男としての面子《めんつ》やプライドがあった。誕生日の喧嘩の原因は、どこをどう考えても満里奈のほうに非がある。そこを曲げて頭をさげることに、どうしても抵抗を覚えてしまう。

そしてもうひとつ、気まずいムードをなんとかしたいのなら、言葉で謝ったり、礼を言ったりする以外の、態度で示すなにかをしたかった。

健一は満里奈の行動に感動した。

もし彼女が、

「家事困ってない？　困ってたら手伝うよ」

と訊ねてきたなら、断ったに違いない。

突然現れ、黙々と作業をし、自分のつくりたい料理ではなく、こちらの体調を慮《おもんぱか》ったメニューを揃えてくれたからこそ、彼女の行動は感動的だったのである。

感動には感動で応えたかった。

しかし、なかなかいいアイデアが浮かんでこない。

ひとつ思いつくのはエンゲージリングをプレゼントすることだが、なんだかそれも、とってつけたようで気が進まない。

「うーん、どうしたもんだろう……」

犬の散歩をしながら知恵を絞《しぼ》っても、唸るばかりでなにも閃《ひらめ》かなかった。しかし、このままではよくない。今日は土曜日で明日は日曜日。週末が過ぎれば、再び一週間のすれ違い生活が始まるのである。

会社帰りに毎日家事をしてくれている彼女の恩に報《むく》いるためにも、せめて言葉で礼を言ったほうがいいのだろうか。喧嘩のことについてはひとまず脇に置いておいて、仲直りがしたい気持ちを率直《そっちょく》にぶつけてみたらどうだろう。

そんな腰砕《くだ》けな考えになびいていった根本には、渇《かわ》きがあった。

とにかく、なんでもいいから仲直りをして、セックスがしたかったのだ。

いろいろあったおかげで、もうひと月は満里奈を抱いていない。

抱きたかった。

たぶん、満里奈も同じ気持ちでいてくれていると思う。

その証拠に、今日はトレーナーにジーパンではなく、コートを脱いだら花柄のワンピースで、ギンガムチェックのエプロンを持参してきていた。そんな装いの満里奈がキッチンでいそいそと料理に励んでいる姿を見て、抱きしめたくならないほうがおかしい。

もちろん、満里奈は自分の姿がどのように男の眼に映っているかを、理解できない女ではない。むしろ計算している。つまり、誘ってほしいというメッセージを送ってきているのである。

「……んっ？」

いつもの散歩コースに、見慣れない店ができていた。

花屋がリニューアルオープンし、地味な街並みにそぐわないほどおしゃれな店に様変わりしていた。

健一は立ちどまった。

もしかするとこれは、満里奈に花を贈れという天啓《てんけい》ではないだろうか。

そう思って、赤い薔薇《ばら》の花束を買い求めた。

プレゼントとしてはかなりベタだが、花が嫌いな女はいないはずだ。それも、情熱の真っ赤な薔薇である。サプライズ的にこれを贈れば、言葉を尽くす以上に、こちらの気持ちが満里奈に届いてくれるに違いない。

4

健一は自宅に戻ってくると、玄関前で犬を繋いだ。背中に薔薇の花束を隠し、抜き足差し足で裏庭にまわっていく。

サプライズのつもりだったが、リビングに満里奈の姿はなかった。キッチンにもいない。

となると二階でベッドメイクでもしてくれているのだろう。

音をたてないように注意しながら、リビングの窓を開けた。息を殺し、忍び足で家にあがり、階段をのぼっていく。

薔薇の花束を差しだしてやったときの、満里奈の顔が眼に浮かぶ。人間、びっくりした次の瞬間には笑ってしまうものだ。満里奈の笑顔を見て、健一も笑うだろう。気まずい雰囲気が溶けてなくなり、シーツを替えてもらったばかりのベッドで、愛の確認作業に雪崩《なだ》れこむことだってできるかもしれない。

しかし……。

少し開いていたドアの隙間《すきま》から自室をのぞきこんだ健一は、心臓が止まりそうになった。笑うことなどまったくできない、驚愕を通り越した衝撃的なハプニングに顔色を失った。

満里奈は床にしゃがみこんでテレビを見ていた。正確には、テレビに映ったビデオの映像だ。デジタルビデオカメラから、赤白黄色のコードがＤＶＤデッキに繋がれているので間違いない。

映っているのは、健一だった。全裸で腰を振っていた。いわゆるハメ撮りというやつである。昔付き合っていた恋人、佐倉涼花《さくらりょうか》にせがまれて、自分たちのセックスをビデオで撮影したものだった。

なぜ、満里奈がそんなものを見ているのか……。

日常的に使うことがないデジタルビデオカメラは、クローゼットの奥にしまってあった。もう三年以上もそこにあったはずだが、二、三日前、同じくクローゼットの奥にしまってあった仕事の資料を探すために、あたりの荷物を引っ張りだしたまま、床に放置してあったのだ。

その中に、デジタルビデオカメラを納めたバッグがあった。

満里奈は部屋を片付けにきて、それを手にしたのだろう。興味本位でカメラを出し、スイッチを入れてみると、液晶画面に恋人の破廉恥《はれんち》な姿が映った。まさかと思いながら、DVDデッキに繋いで大型テレビで確認しても、やはりそうだった。健一が別の女と裸で戯《たわむ》れていた、という展開に違いない。

最悪だった。

なぜそんなテープを処分せず、カメラに入れっぱなしにしておいたのか、過去の自分を殴《なぐ》ってやりたい。

しかも、カメラバッグが床に転がっていたということは、最近見たと誤解された可能性がある。満里奈とはひと月もセックスをしていないから、過去の恋人とのハメ撮りビデオをオカズに、自慰《じい》をしていたと思われているかもしれない。

泣きたくなった。

神に誓《ちか》って、そんなビデオは三年以上見ていない。自分がセックスする姿を、画面で見たときのショックは忘れられない。滑稽《こっけい》で醜悪《しゅうあく》で品性下劣《げれつ》で、プロが演じるAVとはまるで違ったみじめなものだった。

いま満里奈が見ている画面に映っているのは、ベッドの上で四つん這いになった涼花を健一が後ろから突きあげている場面だった。

「どうだっ！　どうだっ！　気持ちいいかっ！」

ピストン運動を送りこみながら尊大な台詞を口にし、スパーンッ、スパパーンッ、と女の尻を平手で叩いている。

「尻を叩かれてひいひいよがるなんて、最低な牝豚《めすぶた》だな。そらっ、カメラに向かってあえぐんだ。恥さらしっ！　淫乱っ！」

涼花はいじめられると悦《よろこ》ぶマゾヒスティックな女だった。ほとんど変態性欲者と言っていいレベルのドMであり、おかげで健一は、そんな性癖《せいへき》などないにもかかわらず、ドSを演じなければならなかった。

涼花は知的な美貌《びぼう》とすらりとしたモデル体型をもち、なおかつ有名大学卒の才媛《さいえん》だった。年は健一より六つ年上で当時三十二歳。その若さですでに、独立した経営コンサルタントとして年収一千万以上を稼《かせ》いでいた。ルックスも頭も育ちも人よりずっと優れていることを自覚しているから、普段の彼女はいつだって自信満々で、よくまわりを見下した態度をとっていた。

健一と知りあったのは仕事がらみの異業種交流会で、接近してきたのは彼女のほうからだった。

当時、健一はまだクレジット会社のサラリーマンだったのだが、どこで聞きつけたのか〈本山材木店〉の跡継ぎだと知り、経営コンサルタントとして仕事がしたいともちかけてきたのである。

「いまわたしが取引してるのは、IT関連企業やゲームソフトのメーカーなんだけど、どうにも軽いんですよね。新進の会社を右肩あがりにしていくのも楽しいことは楽しいのよ、もちろん。でも、江戸時代から続く材木問屋さんとか、コンサバティブでカッコいいじゃない？　そういう重みのある会社とも、ぜひとも繫がっておきたいの、今後のためにも……」

「そう言われても……僕はいま、会社の経営にはまったくタッチしてませんから。父に紹介することくらいはできますけど……」

「ぜひお願いします」

そんな流れで健一は涼花を父の隆一郎に紹介したのだが、長い商《あきな》いの歴史をもち、創業者一族の家業と言っていい〈本山材木店〉は、とりたてて新しいやり方を必要としていなかった。業績は安定していたし、経営規模を拡大するつもりもない。涼花は自信満々で野心的かつ緻密《ちみつ》なプレゼンテーションをしたらしいが、隆一郎の首を縦に振らせることはできなかった。

とはいえ、どういうわけか健一とはウマが合い、月に一度くらいのペースでふたりで飲みにいく関係が続いた。

べつに彼女を異性として意識していたわけではない。若くして成功している彼女に、尊敬の念と興味があっただけだ。

ある日、飲み屋を探して繁華街《はんかがい》を歩いているとき、こんなことがあった。

「ああいう人って、なに考えて生きてるのかしらね？」

涼花の視線の先にいたのは、泣きじゃくっている三人の幼子《おさなご》を必死になだめている四十代の主婦だった。どうして夕暮れの繁華街にいたのかはわからないが、これから飲みに繰りだそうというサラリーマンやＯＬたちが行き交《か》う中、彼女はあまりにも異彩を放っていた。髪は乱れ、化粧気《けしょうけ》はなく、よれよれの服は子供の食べこぼしでシミが目立ち、まさに子育て奮闘中の体《てい》だったのだ。

「子供ばっかりポロポロ産んで、女を捨てて、仕事もしないで、子供が成人したあとにはなにも残らない……つまらない人生」

健一はカチンときた。

「いやあ、そういう言い方ってないんじゃないかなあ。主婦だって立派な仕事ですよ。この少子化の世の中で、三人も産んでるだけで尊敬に値《あたい》するってもんですよ」

「でも……」

「でもじゃないですよ。だいたい、前から思ってましたけど、佐倉さんの上から目線、ちょっと鼻につきすぎます。人を見下すことで自分が優位に立って、なんか楽しいんですか？　いくら佐倉さんが頭のいいエリートでも、人として残念だと思いますけどね、そういうのって……」

その日の健一は、虫の居所が悪かった。涼花には申し訳ないけれど、正論が通用しない頭の堅い上司と大喧嘩をしたばかりだったので、いささか八つ当たり気味にそんなことを口走ってしまったのである。

少し言いすぎたと思ったのとほぼ同時に、涼花が立ちどまった。知的な美貌からみるみる血の気が引いていき、紙のように真っ白になった。いまにも泣きだしそうな表情でわなわなと肩を震わせ、その場から動かなくなった。

「……すいません」

健一は苦笑した。

「少し口がすぎました。取り消しますから行きましょう……」

それでも涼花は動かなかった。怒っているのを通り越し、心神喪失《しんしんそうしつ》状態さながらだったので、健一は焦った。五分も十分もそういう状態が続き、しかたなくタクシーで彼女を自宅まで送った。タクシーの中でも、涼花は真っ白い顔のまま、うつむいてひと言もしゃべらなかった。

彼女が住んでいるのは、都内の一等地にある高層マンションだった。

「……ちょっとでいいから寄っていって」

止まったタクシーの中で涼花に頼まれ、健一は渋々《しぶしぶ》了解した。なんとなく、ひとりにするのが怖かったせいもある。

ひとり暮らしには広すぎるようなリビングがある部屋だった。置かれた家具や壁に飾られた絵や、玄関マットからスリッパに至るまですべて高価そうなものばかりだったが、部屋の印象はどういうわけか寒々としていた。もしこれが住んでいる人間の心模様を反映しているなら、彼女はひどく淋《さび》しいのだと思った。

「どうぞ……」

ソファをすすめられて健一は腰をおろしたが、

「ごめんなさい……」

涼花は立ったまま深々と頭をさげた。

「自分でもわかってるの、態度が尊大なことは……謙虚《けんきょ》な女でいたいっていう思いはあるの……でも、なんでかな……気がつくと、まわりを見下して、ひどいこと口走ったりして……たぶんコンプレックスの裏返しなんだけど……」

「コンプレックス？」

健一は首をかしげた。

「佐倉さん、人より劣《おと》ってるところなんて全然ないじゃないですか」

「あるわよ……劣っているところだらけ……」

涼花は唇を噛《か》みしめた。

「人には見せないようにしてるけど、本当のわたしって、器が小さいし、ケチだし、さもしいし、やさしくないし、思いやりの欠片《かけら》もないし……」

「そんなことないですって」

健一はいったん立ちあがり、涼花をうながして一緒に腰をおろした。涼花がもたれかかってきたが、放っておいた。押し返すことを躊躇《ちゅうちょ》してしまうくらい、ダメージを受けているようだったからだ。

「さっきのは、僕が悪かったんです。正直、ちょっと苛々《いらいら》してて……八つ当たりしちゃったみたいなものだから……」

「ううん、でも本当のことだから……」

涼花は力なく首を振った。

「叱《しか》られてよかった。年下の男の人に叱られたの、初めてだけど……」

「すいません」

「いいの、謝らないで。謝るのはわたしのほう。ごめんなさい……本当にごめんなさい……」

しおらしく頭をさげる涼花を見て、健一は胸をざわめかせた。不器用さを目の当たりにしたことで、彼女に初めて異性を感じた。完璧な美人は絵に描いた餅《もち》のようなもので、心が動くことはない。弱いところが人間味なのだ。美は乱調にあり、愛は弱点に芽生《めば》える。弱いところがあるからこそ、放っておけなくなる。

涼花は「女が嫌いな女」を通り越して、「敵をつくりやすい女」だった。誰もが羨《うらや》む容姿と才覚をもちながら、きっぱりと敬遠されていた。自分の優位を鼻にかけていれば嫌われて当然なのだが、そういう女に限ってウマが合ってしまうのだから、健一は自分がいささか変わり者であることを自覚しなければならなかった。

「わたしいままで、ずっと年上の男の人としか付き合ったことないの……」

涼花は健一にもたれかかったまま、問わず語りに言葉を継いだ。

「最高が二十五歳年上。わたしが二十五で、相手は五十だった……ファザコンなのかな？　でも今日は、生まれて初めて年下もいいなって思った……」

健一の心臓が早鐘を打ちはじめる。どうやら涼花も、自分に対して異性を感じてくれているらしい。

だが……。

抱きしめようとした瞬間、涼花は健一にもたれていた上体を起こし、真っ直ぐに見つめてきた。

「ひとつ、お願いをきいてくれる？」

「え、ええ……」

健一はどぎまぎしながらうなずいた。涼花の顔が、すっかり女の顔になっていたからだ。自信満々でまわりを見下している彼女は、もうどこにもいなかった。

「お仕置きして」

「……はっ？」

健一は素《す》っ頓狂《とんきょう》な声をあげてしまった。

「な、なんですか……お、お仕置きって……」

「ぶってほしいの」

涼花は立ちあがって、尻を突きだしてきた。

健一は一瞬、啞然《あぜん》としてしまった。彼女の振る舞いがあまりにも子供じみており、冗談にしても笑えなかったからだ。

涼花は大人の女だった。それも、体にぴったりとフィットした濃紺《こん》のタイトスーツを着た、見るからに有能で美しいキャリアウーマンなのである。それが、情けない中腰になって尻を突きだしてきたのだから、唖然として当然だろう。
　とはいえ、健一の視線はすぐに熱くたぎり、丸々としたヒップを這《は》いまわりはじめた。
子供じみた振る舞いが逆に、エロスを生じさせていたと言っていい。滑稽としか言いよう
のない格好をしているにもかかわらず、苦笑をもらすどころか生唾を呑みこんでしまっ
た。
「ねえ、ぶって……お願い……」
　涼花は丸尻を突きだしたまま振り返り、健一を見た。表情から伝わってくるのは、切羽
つまった欲望だった。飢えた者が肉を求めるように、彼女は尻を叩かれることを求めてい
た。
「わ、わかりました……」
　健一は立ちあがり、手のひらにハーッと息を吹きかけた。まるで、催眠術《さいみんじゅつ》にでもかか
ったような気分だった。状況の不可解さを頭で整理し、良し悪しを判断する前に、体が動
いてしまった感じだ。
「いきますよ……」
　振りかぶり、丸々と張りつめた尻丘をスパーンッと叩いた。

「あああっ！」

涼花の悲鳴は歪《ゆが》んでいた。苦痛にではなく、喜悦《きえつ》によって歪んでいることが、はっきりとわかった。

スパーンッ！　スパパーンッ！と健一は連打を浴びせた。喜悦に歪み、艶《なま》めかしくビブラートする涼花の悲鳴が、平手を飛ばす衝動を誘った。叩けば叩くほどに、陶酔《とうすい》にも似た感情がこみあげてきた。

「あああっ！　ああああーっ！」

涼花はあきらかに感じていた。痛みが性的な快感に変わる回路を、体の中に隠し持っていた。スパーンッ！　スパパーンッ！と尻を叩かれるほどに、顔から耳まで真っ赤に染めあげ、悲鳴をあげること自体に興奮しているようだった。叩かれるたびに太腿《ふともも》をぶるぶると震わせ、やがて腰までくねらせはじめた。

あのときの異様な興奮を説明する言葉を、健一はもっていない。

ただ、勃起《ぼっき》していた。

涼花の尻を叩きながら痛いくらいに勃起して、気がつけばタイトスカートをめくっていた。パンティストッキングとショーツをさげ、スパンキングの赤い痕《あと》が残る三十二歳のヒップに、雄々しく挑《いど》みかかっていった。

5

三ヵ月ほどしか付き合っていないにもかかわらず、涼花と付き合っていたその期間に、健一は忘れがたい性的経験をいくつも積むことになった。

なかったことにしたい過去のことを「黒歴史」と呼んだりするが、健一の人生におけるまさにそれだった。まるで悪魔にでも憑依《ひょうい》されたかのように、いまでは考えられないようなことばかりしてしまった。涼花ばかりが悪いわけじゃないが、彼女といると別の人格を生きているようだった。

涼花は求めてきた。

セックスのとき、サディスティックに振る舞うことを。王のように君臨《くんりん》し、彼女を奴隷《どれい》扱いすることを。口汚い言葉責めを。アイマスクの強制を。スパンキングを。我を失うほどのオルガスムスを。

健一は応えた。

野外性交でも痴漢《ちかん》の真似事でもむせかえるほどのイラマチオでも、求められればなんでもやった。

なかでもいちばん強烈だったのが、ハメ撮りだ。

男が女のヌードを写真に撮りたがるのは、ごくノーマルな欲望だろう。AVでよくある、セックスをしながら男が女にカメラを向けるハメ撮りは、その延長線上にあると言っていい。ある意味、カメラのレンズは男根の象徴《しょうちょう》なのである。

なのに、涼花は自分からハメ撮りを求めてきた。

女にもかかわらずマチズモ的な感性に支配されているからではなく、恥を掻《か》くことの快感を追求するあまり、そんな欲望が生まれたのだろう。

さすがドMと感心する向きもあろうが、健一はさすがに躊躇した。

自分がセックスしている姿など、見たくもなかったからだ。

しかし、結局は好奇心に負けた。自分はともかく、涼花がセックスしているところは見てみたかった。知的なキャリアウーマンが淫《みだ》らに乱れる姿を撮影し、ビデオでしみじみと観賞してみたかった。

撮影は一回きりだった。

その一回が、別れのきっかけになってしまったからだ。

プロではないので手持ちカメラではあまりうまくいかず、三脚にセットしてベッドに向けた。

いつもより丁寧《ていねい》な愛撫《あいぶ》をしながら、健一はカメラを意識していた。

もちろん、涼花もそうだった。チラチラと横眼で見ながら、オーラルセックスに溺《おぼ》れていった。カメラに向かって男根を頬張り、クンニリングスであえいだ。両脚の間から熱い蜜《みつ》をタラタラと垂らしながら、男根をねだってきた。

「ああっ、いいっ！　突いてくださいっ！　もっと突いてっ……お尻をぶってっ……はぁあああっ、ぶってくださいいいいっ……」

バックスタイルで挿入すると、激しく乱れた。普段から感度抜群《ばつぐん》だったが、タガがはずれてしまったかのようにあえぎにあえぎ、貪欲《どんよく》にオルガスムスを欲する姿はまさに淫獣。全身の素肌を発情の汗にヌラヌラと濡《ぬ》れ光らせ、スパンキングのたびに髪を振り乱して歓喜の悲鳴をあげた。

そんな涼花に引きずられるようにして、健一も燃えた。鬼の形相《ぎょうそう》で腰を振りたて、真っ赤に染まっている涼花の尻を平手で叩きつづけた。ゾーンに突入したというか、ほとんどトランス状態で、男根を抜き差ししていた。

「おうおうっ……出すぞっ……もう出すぞっ……」

「ああっ、出してっ……きてえええっ……たくさんかけてえええっ……」

「おおおううううっ！」

健一は雄叫《おたけ》びをあげて最後の一打を打ちこむと、女の蜜でヌルヌルになった男根を引き抜いた。四つん這いだった涼花が振り返り、涎《よだれ》にまみれた唇をＯの字に開く。その中に男根を突っこんで、健一はうめきながら射精を果たした。涼花の頭を両手でつかみ、真っ赤な顔で身をよじりながら、ビクンッ、ビクンッ、と腰を跳《は》ねさせた。

最悪だった。

そんな姿を、大型テレビの画面を通して満里奈に見られてしまったのである。

健一はどこまでも遠い眼で、彼女の後ろ姿を眺《なが》めていた。

終わったな、と思った。

満里奈と分かちあうはずの輝ける未来が色を失い、煙のように消えていく。哀《かな》しい予感に全身から力が抜け、へたりこんでしまいそうだった。なんとか立っていられたものの、薔薇の花束を落としてしまった。ガサッという音がして、満里奈が振り返った。

すぐにお互い眼をそむけた。

満里奈がビデオをとめる。

健一はふらついた足取りで部屋に入っていき、

「お、俺の話を聞いてくれるか……」

と声をかけたが、ほぼ同時に、

「ごめんなさい！」

満里奈が大声を出して頭をさげた。

「勝手に見ちゃって、ごめんなさい……まさか、こんなものだとは思わなかったから……」

「それはいいんだ……」

健一はますます遠い眼になって言葉を継いだ。

「勝手に見られるような場所に置いておいたこっちが悪い。俺が言いたいのはそういうことじゃなくて……なんていうかその……」

どうにかしてこの場を取り繕《つくろ》う言い訳をしなければと思いつつも、頭の中が真っ白になってなにも言葉が浮かんでこない。だが、このまま満里奈と終わりになってしまうのは嫌だった。抵抗しなければならなかった。真っ赤な嘘《うそ》を並べたててでも、満里奈の機嫌を直すのだ。

ところが……。

「どうしたんですか、焦った顔して？」

満里奈はクスクスと笑いだした。

「わたしべつに、嫉妬《しっと》とかしてませんよ。だってこれ、昔の彼女でしょ？　健一さんの顔、ずいぶん若いし……」

「三年以上前のことさ！」

健一は身を乗りだして言った。

「まだ〈本山材木店〉に入る前、カード会社で働いてたときの彼女なんだ。ちょっと変わった人でね。自分のセックスをどうしても見てみたいって泣いて頼まれて、しかたなくカメラ買って撮影したんだけど……」

「いいんですよ、言い訳しなくて」

満里奈が遮《さえぎ》った。

「付き合ってればエッチするのは当たり前だし、勢い余って写真やビデオで撮影しちゃうカップルだっているだろうし……でも、見てよかった」

最後の言葉を噛みしめるように言うと、恥ずかしげにうつむいた。

「わたし……ちょっと変なところがあって、好きな人が自分の前にどんな人と付き合ってたか、知りたいほうなんですよ。まったく耳にしたくないって人もいるけど、わたしはなんでも、どんな些細《ささい》なことでも知りたい。どうして好きになったのかとか、どこでデートしてたとか……どんなセックスをしてたのかまで……あんまり根掘り葉掘り訊くと嫌われそうだから、なるたけ我慢してますけど、本当はすごく知りたいんです……だから、見れてよかった……見れて嬉しいです……」

恥ずかしげにもじもじしながら言葉を継ぐ満里奈が、嘘を言っているようには見えなかった。つくづく自分の価値観でしか物事を判断しない女だった。しかし今回ばかりは、その偏屈《へんくつ》ぶりに救われそうだ。

「な、なんでも訊いてくれていいから！」

健一はすがるように言った。

「俺にはべつに隠し立てするようなことはなにもないし……そのビデオの人とは、ちょっといろんなことやり過ぎたけど、誰とでもこんなことしてるわけじゃないし。ぶっちゃけ、同世代の中じゃ経験が少ないほうだと思うし……」

「だから言い訳はもういいです」

満里奈が言い、部屋に沈黙が訪れた。

健一の部屋は十畳ほどあるが、荷物が多いのでそれほど広く感じられない。そしてその空間には、自前のハメ撮りビデオが流れていた余韻《よいん》が、まだ色濃く残っていた。空気がねっとりしていて、息が苦しい。

どうすればいいだろう。

健一は必死に頭を回転させた。さっさとこの部屋から出ていき、リビングでコーヒーでも飲んで気分を変えるべきか。それとも、この息苦しい雰囲気を力業《ちからわざ》で突破して、一気に仲直りしてしまうか……。

満里奈を見た。

眼の下が少しだけピンク色になっている。発情のサインだった。色合いはいささか心《こころ》許《もと》ないけれど、ビデオを見て興奮したのだ。彼女は外側にかたい殻《から》を張りめぐらせているが、内側の性感は柔《やわ》らかく熟している。健一が自分とはしたことのないスパンキングセックスをしている姿に、刺激を受けていてもおかしくない。

いや……。

健一自身が、自分のハメ撮りビデオを見ていた満里奈に欲情してしまった。彼女を抱きたい、深々と貫《つらぬ》きたいという耐えがたい衝動《しょうどう》がこみあげてきて、いても立ってもいられなくなってしまった。

「……えっ？」

抱きしめると、困惑顔で見つめてきた。その表情からは、嫌悪感は伝わってこなかった。満里奈は本当に、健一がかつてハメ撮りをしていたことに対し、なんとも思っていないようだ。

「エッチ……したい……」

恐るおそるささやくと、満里奈はしばし逡巡《しゅんじゅん》してから、

「……いいけど」

蚊の鳴くような声で答えた。

「でも、その……お尻叩いたりするの、いやよ……」

「わかってる」

「じゃあ……部屋を暗くして」

「ああ……」

健一は胸底で安堵の溜息をもらしながらうなずいた。

「わたし、シャワー浴びてくる……」

「ああ……」

もう一度うなずいて抱擁《ほうよう》をとくと、満里奈はそそくさと部屋を出ていき、階下におりていった。

「……やった」

健一は拳を握りしめ、体を震わせた。ハメ撮りビデオを見られてしまったときは、もう終わりだと観念したが、起死回生の逆転劇である。

久しぶりに満里奈を抱けると思うと体の震えは激しくなっていく一方で、興奮しすぎている自分が怖くなってくるほどだった。

第五章　忘れてしまいたい過去のために

1

弱り目に祟《たた》り目というのは、こういうことを言うのだろうと思った。

よく晴れた五月のある日、隆一郎と真枝はカナダから二ヵ月ぶりに帰国した。成田《なりた》空港まで出迎えにいった健一は、父の衰弱《すいじゃく》ぶりに驚いた。げっそりと痩《や》せ衰《おとろ》えて異様に顔色が悪く、無気力な表情が痛々しかった。言語や身体能力に後遺症は残っていないと聞いていたが、話しかけるのも躊躇《ためら》われるほどだった。おまけに、母の真枝まで、異国の水が合わなかったのと看病疲れで、父に負けないくらいやつれていた。

そんな状態でも、いちおう社長が無事に帰国したことで、社内は活気づいていたのだが、頭を抱えたくなるようなタイミングで、水を差す大不祥事《だいふしょうじ》が起こった。

総務部長の不正経理が発覚したのである。

倉庫管理会社に使用料を上乗せして払い、キックバックを受けとって私的な遊興費として使いこんでいたのだ。

もちろん、すぐにしかるべき処置《しょち》はとったものの、倉庫管理会社は先代からの長い付き合いだし、総務部長は遠縁にあたる人物だったので、隆一郎の受けたショックは大変なものだった。帰国して徐々に上向いていた調子が再びダウンして、復帰の時期が遠のいた。

自宅に毎日、役員や秘書が出入りして、なんとか会社をまわしているような状況だった。

そんなある日、健一は隆一郎に呼びだされ、会社を昼過ぎに早退して自宅に戻った。

家路を急ぐ足は重かった。

夜になればどうせ帰宅するのに、わざわざいったいなんだろうと思った。

どう考えても、明るい話ではなさそうだ。

「今回のことで、私もよくよく考えさせられたよ……」

ベッドの中で上体だけを起こし、腕組みをして唸《うな》っている父は、たったの二、三カ月でひとまわりも小さくなってしまったようだった。

「会社を継《つ》ぐおまえの教育は、おまえが所帯をもってから、私自身がしっかりやってやろうと思ってたんだがな、そんな悠長《ゆうちょう》なことは言っていられなくなった……」

「とりあえず、浩二郎叔父に社長を任すってことかい？」

健一が言うと、

「まあ、待て。そう先を急ぐな」

隆一郎は真枝が運んできたお茶を飲んだ。

「お父さんはまだ、本調子じゃないんですからね」

真枝に釘《くぎ》を刺され、

「ああ、わかってる」

健一はうなずいた。

「おまえだけのことじゃなくてだな……」

隆一郎が話を続ける。

「会社の経営体制も……いままでうまくやってこれたんだから、いまのままでいいと思っていたんだが……やはり組織が古いままだと膿《うみ》が出てくるらしい」

「……そうだね」

健一は深い溜息《ためいき》をついた。

総務部長の裏切りは、隆一郎に筆舌《ひつぜつ》に尽《つ》くしがたいストレスを与えたはずだ。発覚当初、親戚《しんせき》筋の人間が連日押しかけてきて、なんとか助けてやってほしいと涙ながらに懇願《こんがん》していた。しかし、一千万を超える会社の金を高級クラブのホステスに貢《みつ》いでしまった人間を庇《かば》えば、父の立場も危《あや》うくなる。身内から逮捕者を出す恥を忍んで、警察を介入させるしかなかった。

「おい、あれを取ってくれ」

隆一郎が視線で合図し、真枝が立ちあがって簞笥《たんす》の引き出しから書類を出した。

「……なんだい？」

書類を渡された健一は、首をかしげながら眼を通した。〈本山材木店〉の組織改革プランだったので、驚いてしまった。それも、ざっくり三、四十ページはありそうなほど分厚い書類である。異国の地から命からがら帰国してきて、まだ病床に伏《ふ》しているというのに、こんなに早く新手を打てるものなのか。

「びっくりするな、もう……いつの間に、こんな計画を……」

「あらためてつくったものじゃない」

唖然《あぜん》とした顔で言うと、

隆一郎が言ったので、

「……どういうこと？」

健一は首をかしげた。

「つまり、今回の事件が起こる前から、組織改革の必要を感じていたわけ？」

「そうじゃない。それはおまえが連れてきた経営コンサルタントがプレゼンテーションした資料だよ」

健一は一瞬、ポカンとしてしまった。「おまえが連れてきた経営コンサルタント」というのは、佐倉涼花のことだろう。

「今回の件……おまえを後継者にすることと、総務部長の不祥事を踏《ふ》まえて、あらためてその資料に眼を通したら、これが実によくできてるんだ。うちは江戸時代から代々続いた材木問屋だ。社員に親戚縁者《えんじゃ》もいれば、先代からの取引先も多いから、どこか暗黙の了解を頼りに商いをやってきた。あうんの呼吸というかね。合理的じゃない部分も多い。三年前に彼女……佐倉さんに合理化を勧《すす》められたときは、うちのような一族経営の会社にはそぐわないやり方だと思ったんだが……そうも言っていられないような気がしてな……」

「な、なるほど……」

背中に冷や汗が流れていく。

「そういうわけだから、もう一度彼女を連れてきてもらえんかね。もし佐倉さんにその気があるなら、おまえの右腕として、社外取締役にすることを考えてもいい」

「ちょ、ちょっと待ってくれよ……」

健一は苦笑した。

「社外取締役だって？　ずいぶん性急な話だね？」

「わが社がいま、性急に対処しなきゃいけない事態に直面しているのが、おまえにはわからんか？」

ベッドの上から動けない自分の姿をよく見ろとばかりに、隆一郎は言った。

「いや、でも……なんで彼女なんだい？　経営コンサルタントの会社なんて、他にもいっぱいあるじゃないか」

「佐倉さんは、本気でうちの仕事に食いこもうとしてたからな。それなりにきちんと調査して、組織改革案を練《ね》ってきてるんだ。そいつを精読すればわかる」

「いや、でも……」

「なんなんだ？」

隆一郎が健一の言葉を制して言った。

「若いが優秀な経営コンサルタントがいるって紹介してきたのは、おまえじゃないか。実際、彼女は優秀だった。足《た》りないのはキャリアだけという感じだったな。あれから三年、彼女がキャリア不足をどう克服《こくふく》したのか、再会が楽しみだ……」

体を起こしているのがつらくなってきたのか、隆一郎は顔をしかめた。

「あのときも、正直言って感心したんだ。うちのやり方にはそぐわないが、プランニングに一本筋が通ってた。きっと人として筋が通った人なんだろう。同時におまえにも感心したよ。なかなかどうして、人を見る眼が養《やしな》われてるじゃないかって……」

隆一郎が苦しげに眼をつむったので、

「お父さん、もう休んだほうが……」

真枝が心配顔で背中をさすり、体を横たえた。

「そういうわけだから、とりあえず話だけでもしてみてくれんか……」

「ああ……」

健一はうなずくしかなかった。

「わかったよ、そうしてみる……お大事にね……」

笑顔を残して部屋を出たが、廊下に出ると天を仰《あお》いだ。ずっしりと重い荷物を、背負《せお》わされたような気分だった。

2

涼花と最後に会ったのは、三年前の晩秋のことだ。

街路樹の落ち葉が道路一面を黄色く染めあげていて、それを踏みしめながら彼女の住む高層マンションに向かったことをよく覚えている。

涼花はセックスに非日常的なムードを求めるので、逢瀬《おうせ》にはホテルを利用することが多かったが、その日は彼女の部屋でなければならない特別な事情があった。

自分たちのセックスを撮影したビデオを見るためである。

涼花はドレッシーな黒いワンピース姿で迎えてくれた。アクセサリーやストッキングまで着けていたが、そこは彼女の自宅である。徹底《てってい》して隙を見せることが嫌いな人なのだと思った。

「健一くん、もう見た？」

バッグからデジタルビデオカメラを取りだすと、涼花が訊《たず》ねてきた。

「いいえ、見てませんよ」

「どうして？」

「いやあ……どうしてですかね……」

なんとなく、ひとりで見る勇気が出なかった。どうせなら、見たときに味わうであろう衝撃を、ふたりで分かちあいたかった。もし深く落ちこんだとしても、ふたりでいれば慰《なぐさ》めあえると思ったのである。

広いリビングに置かれた大型テレビで、ビデオを再生した。

健一と涼花はソファに並んで座り、ひと言も口をきかずに最初から最後まで観賞した。なにかを言ってしまうのは、セックスの最中におしゃべりをしてしまうのに似て、集中力が削《そ》がれそうだったからだ。意識して集中していないと、見るのをやめようという話になってしまう可能性もあると思った。

カメラがあるせいで、そのときのセックスは、いつもに輪をかけて演劇的だった。カメラの存在が、サディストとマゾヒストの役割を際立《きわだ》たせたと言ってもいい。観客がいないところに演技は存在しないが、たとえカメラの向こうにいる観客が自分たちであっても、観客であることに変わりはない。

「脱《ぬ》いでくださいよ」

三脚で固定されたカメラの後ろから、健一の声がする。涼花に自分で服を脱ぐように命じ、下着姿になったところで画面に登場して彼女にアイマスクを施《ほどこ》した。視覚を奪った状態で、ブラジャーとショーツも自分で脱がせた。

涼花は興奮していた。まだ体に触れてもいないのに、身をよじり、ハアハアと息をはずませていた。

「いやらしいな！」

健一は罵声《ばせい》を浴《あ》びせ、自慰《じい》を命じた。

最初は立ったまま、左手で乳房を、右手で股間《こかん》を刺激させ、それからM字開脚や四つん這《ば》いなど、淫《みだ》らなポーズで自慰をさせた。ローターを渡すと、涼花はそれをクリトリスに押しつけて最初のオルガスムスに達した。

目隠しで自慰を命じたのは初めてではなかったが、カメラを意識しているせいですさまじいイキ方をした。釣りあげられたばかりの魚のように、ビクンッ、ビクンッ、と全身を跳《は》ねさせながら、甲高い悲鳴をあげて恍惚《こうこつ》にゆき果《は》てていった。

「まったく恥ずかしい女だな。最低の牝豚《めすぶた》だよ。撮影されているのわかっててマンズリでイッちゃうなんて……」

興奮にうわずった自分の声を聞き、健一は耳を塞《ふさ》ぎたくなった。ビデオで見るとよくわかるが、自分たちは途轍《とてつ》もなく滑稽《こっけい》なことをしていた。AVのド下手《へた》な物真似《まね》だった。裸になっても美しい涼花はともかく、健一のほうは救いがたいほど醜悪《しゅうあく》でもあった。興奮すればするほど、それが際立った。

「顔を見せてみろよ、イッた顔を……」

カメラを手持ちにして近づけ、アイマスクを取った。涼花は潤《うる》んだ瞳で呆然《ぼうぜん》とし、眼の焦点《しょうてん》が合っていなかった。アイマスクのせいで、汗が化粧を流していた。生々しいピンク色に上気した頬《ほお》が、言葉を失うほど淫らだった。

「舐《な》めるんだ……」

画面に男根が映った。当たり前だがモザイク処理などされていないから、テレビの大画面で見ると衝撃的だった。自分のものにもかかわらず、健一は見てはいけないものを見てしまった気になった。

涼花がそそり勃《た》った男根を見つめて、息を呑《の》む。右手の細指で肉竿をそっと包みこみ、赤い唇を割りひろげる。ピンク色の舌を差しだし、竿の根元から亀頭の裏筋にかけて、ねっとりと舐めあげてくる。

男根だけでも衝撃的だったのだから、フェラチオシーンは言わずもがなだった。ピンク色の舌が這いまわるほどに亀頭はヌラヌラした光沢《こうたく》を纏《まと》って、見るも卑猥《ひわい》な姿になっていく。唇をOの字にひろげ、鼻を上に向けた涼花がそれを頬張る。口から出し入れしながら、さらに唾液《だえき》にまみれさせていく。

「もっと深く咥《くわ》えこむんだ……」

画面の外から健一が言い、涼花の頭をつかむ。腰を使ってぐいぐいと男根を抜き差しし、涼花の唇をめくりあげる。顔が陰毛に埋まるくらい、深く咥えこませる。知的な美貌《びぼう》がみるみる真っ赤に染まっていき、

「ぅんぐっ！　ぅんぐぅぅぅぅーっ！」

涼花は鼻奥で痛切に悶《もだ》え泣き、涙さえボロボロとこぼした。ひどいやり方だったが、彼女自身が望んだことだった。泣いてもむせても、容赦《ようしゃ》しないで責めてほしい。そのほうが興奮すると言うのだからしかたがない。

しかも、ハードなフェラチオは延々と続く。それも涼花の望みだったが、年上の美女を性奴隷《どれい》扱いしていることに、健一も陶酔《とうすい》していく。我を失った鬼畜《きちく》となり、涼花が泣けば泣くほど、苦しめば苦しむほど男根を硬《かた》くみなぎらせていく。そんな性癖《せいへき》など健一にはなかったはずなのに、カメラの存在がリアルな演技を求めてくる。演じているはずのサディストの仮面が、心と体を乗っ取ってしまう。

カメラを三脚に固定すると、ベッドの上で傍若無人《ぼうじやくぶじん》なフェラチオショーが始まった。仁王《におう》立ちになって両手で涼花の頭を押さえ、涙と唾液を絞《しぼ》りとった。悶え泣く涼花をベッドの上でひきずりまわし、最終的には男性上位のシックスナインになった。健一は指や舌でクリトリスをねちっこく責めながら、正常位で結合しているかのように腰を振りたて、口唇にピストン運動を送りこんだ。

いくら興奮しているとはいえ、いくら涼花の望みとはいえ、あらためて見直すと自分の所業に戦慄《せんりつ》が走る。

救いと言えばただひとつ、責めれば責めるほど涼花が欲情し、凄艶《せいえん》と言っていいほどの生々しい色香を振りまいていることだけだった。ストレートの長い黒髪をざんばらに乱し、知的な美貌を紅潮《こうちょう》させてくしゃくしゃにし、スタイル抜群《ばつぐん》の五体を発情の汗で濡《ぬ》れ光らせてあえぐ姿は、どんな男が見ても勃起《ぼっき》すること間違いなしの、濃厚なエロティシズムを放射していた。

やがて、四つん這いの涼花に健一がインサートし、雄々《おお》しく突きあげはじめた。ひいひいと喉《のど》を絞ってよがり泣く年上の美女を口汚く罵《ののし》りながら、嵐のようなスパンキングを織り交ぜて責め抜いた。

ビデオが終わった。

広すぎて寒々しい雰囲気のリビングが、息苦しいほどの緊張感に支配されていた。

涼花の様子が変だった。

顔を紅潮させ、息をつめてはハアハアとはずませていた。ビデオを見ている間中、しきりに身をよじっていたが、いまも震えがとまらないようだ。

「すごかったね……」

こちらを向いた黒い瞳は怖いくらいにねっとりと潤み、眼が合うとブラックホールのように吸いこまれてしまいそうだった。

「すごい興奮した……ベッドの上だとほら、夢中になってるから、なにやってるのかよくわからないこともあるけど、あんなにたくさん愛してくれてたんだね……びっくりしちゃった……」

「愛してくれてたっていうか……」

健一は激しく混乱していた。もちろん、興奮もしていただろう。自分の醜態はともかく、四つん這いで尻を叩《たた》かれながら何度も何度もオルガスムスに昇《のぼ》りつめていく涼花の姿は圧巻で、いままで見たどんなAVよりもいやらしかった。痛いくらいに勃起して、顔が熱くてしかたがなかった。

しかし、一方で、心はどんどん冷めていった。いまビデオに映っていたのは、自分であって自分ではなかった。テレビの画面から引きずりだして、詰問《きつもん》してやりたかった。なぜそんなことをやっているのか、と。なにが楽しくて女を泣かせたり苦しめたりしているのだ、と。

もちろん、望まれて行なっていることではある。

涼花が感じてくれれば嬉《うれ》しいし、もっと感じてほしいとも思う。彼女にとってはそれがベストなやり方で、虐《しいた》げられるようなセックスでしか満足することができない種類の欲望を抱えていることも、頭では理解できる。

だが、それにしても……。

「ねえ……」

涼花が身を寄せ、腕をからめてきた。

「わかる？　わたし震えてるでしょ？　興奮してるの、怖いくらいに……」

実際、からめた腕から震えが伝わってきた。それも相当、激しい震えだった。寒さによる震えとは違い、熱くて淫らな感情が伝わってくるようだった。

「ねえ、抱いて……」

彩花が粘《ねば》りつくような声でささやく。

「ビデオ見てる途中から、したくてしたくてしようがなかったんだから……」

健一は答えに窮《きゅう》した。

「今日は……やめておきましょう……」

力なく言うと、

「えっ？　どうして……」

涼花は驚いた顔で見つめてきた。

「いやあ、なんか……」

健一は苦笑して頭をかいた。

「自分がセックスしてるとこ見たら、引いちゃいましたよ……今日はその、気分を変えて飲みにでもいきませんか」

「いやよ、そんな……蛇《へび》の生殺しみたいなこと……カメラもあるし、今日もまた撮影しましょうよ……そうだ、すごいことさせてあげる……アナルセックス。したことないでしょ？　わたしもないけど、健一くんにヴァージンあげる。ふふっ、なによ、嬉しくないの？　わたしのいちばん恥ずかしいところを、蹂躙《じゅうりん》できちゃうのよ。すっごく征服欲が満たされるんじゃないかな、肛門を犯したりしたら……」

「も、もう……たくさんなんですよ！」

健一は声を荒らげると、涼花の体を突き飛ばして立ちあがった。

怖かったからだ。

甘い声を出してアナルセックスに誘ってくる涼花の眼つきは、なんだか新興宗教の信者じみていた。排泄《はいせつ》器官を犯される自分を想像してアドレナリンが大量分泌《ぶんぴつ》したらしく、瞳《どう》孔《こう》が開ききっていた。

健一にしても、二十六歳という若さだった。性に関して好奇心が旺盛《おうせい》な時期だったし、アナルセックスにだって興味がないわけではなかったが、これ以上彼女に関わらないほうがいいと本能が警告してきた。

ミイラ取りがミイラになるという諺《ことわざ》もある。興味本位で変態プレイの深みに嵌《は》まってしまえば、戻ってこられないところまで突き進んでしまい、自分が自分でなくなってしまうかもしれない。

「すいませんけど、しばらく冷却《れいきやく》期間を置きましょう……ダメだ、こんなことしてちゃ……俺、ダメになっちゃいます……」

言い残し、逃げるように玄関から飛びだした。

数日後、別れのメールを送った。

すぐに涼花から電話がかかってきたが、出なかった。何度かかってきても出ないでおくと、長いメールが届いた。考え直してほしい、あなた以上に素敵なパートナーはいない、一生奴隷にしてくださいなどと、哀願《あいがん》の言葉が綴《つづ》られていたが、健一の気持ちは変わらなかった。どれだけ哀願されても、謝ることしかできなかった。

彼女が悪いわけではない。

健一のほうに、彼女の性癖に寄り添《そ》う資質が決定的に欠けていたのである。

やがて、メールが来ても無視するようになると、会社に荷物が送られてきた。涼花の部屋に残してきたデジタルビデオカメラだった。それなりに高価なものだから送ってきてくれたのか、別れを受け入れた意思表示か、あるいはもう一度ビデオを見れば考えが変わると思ったのか、それはわからない。

ハメ撮りのビデオテープが入ったままのそれを、健一はクローゼットの奥にしまいこんだ。そして忘れることにした。

自分にとってセックスは、女を虐げるものではないと強く思った。

もっとやさしく、もっと甘やかで、気遣いや愛に満ちあふれたメイクラブと呼びたくなるようなセックスを、したくてしようがなかった。そういうことができる相手に、一刻も早く巡《めぐ》り会いたかった。

3

「まいったな……」

健一は右手でスマートフォンを握りしめ、左手で頭を抱えていた。あんな冷たい別れ方をした涼花が、果たして電話に出てくれるだろうか。二度と顔を見たくないと思われているほど当然だし、むしろそうするように仕向けておきながら、いけしゃあしゃあと電話ができるほど、健一は図太い神経の持ち主ではない。

とはいえ……。

これは仕事だった。

もしかすると、〈本山材木店〉に入社して以来、最大の案件を任されたことになるのかもしれない。

隆一郎は涼花を賞賛する言葉に続けて言った。「おまえにも感心した」と。「なかなかどうして、人を見る眼が養われてる」と。

父がそんなことを言うのは極めて珍《めずら》しいことだった。健一のことなど、まだまだ半人前だと思っているから、いままで平社員に置いたままでいたのだろうし、そもそも父は息子の成長をあてにするタイプの人間ではない。

もちろん、病気や身内の裏切りで心身ともに弱りきっているせいで、考え方を変える必要に迫られたことは間違いない。三年前に断った会社改革案を引っ張り出してくるなんて、痛々しささえ感じてしまうが、健一はそれでも、とにかく父の期待に応えたい気持ちがあった。半人前と思っていた息子でも少しは頼りになるところを見せてやれば、つらい闘病生活の励《はげ》みにもなるはずだ。

涼花に電話をかけた。

出てくれないかもしれないと思ったが、短いコールで「もしもし」と懐《なつ》かしい声が聞こえてきた。

「本山です。ご無沙汰《ぶさた》してます」

「健一……さん？」

涼花はさすがに驚いているようだった。

「仕事の件で話があるんですが、いま大丈夫ですか？」

「……ええ」

「経営コンサルタントの仕事、まだ続けてますよね？」

「まあ……いちおうは……」

健一は彼女に電話することになった経緯を淡々と説明した。個人的な話はいっさいしなかった。余計なことをしゃべれば、こちらの精神の平衡《へいこう》が保てなくなりそうだった。

「そういうわけなんで、一度お目にかかることはできませんか？」

「ええ……御社におうかがいすればいいですか？」

「いえ、こちらからうかがわせていただきます。さっきも言った通り、以前あなたがつくってくれた組織改革案に、父はずいぶんと励まされたらしいですから、そのお礼も言いたいし」

訪問の日時と事務所の場所を確認し、健一は電話を切った。涼花が友人の経営コンサルタントたちと共同で借りている事務所はたしか神田《かんだ》にあったはずなのに、銀座に移転していた。

数日後、移転の真相があきらかになった。

「……マジかよ」

銀座中央通りに面した真新しいオフィスビルを見上げ、健一は息を呑んだ。以前の事務所には行ったことがないが、エレベーターもない古い雑居ビルだと言っていた。たったの三年の間に、ここまで出世しているとは思わなかった。

なにしろ、ビル一階の受付で記名し、当該《とうがい》オフィスに電話確認して入館証を与えられる。その場で少し待たされ、迎えにきてくれた若い女性秘書に案内されて、ようやくエレベーターに乗りこむことができるという塩梅《あんばい》なのである。

〈佐倉涼花事務所〉は、そのビルのワンフロアを使い、ざっくり十名ほどの従業員が働いていた。白いワイシャツがよく似合う若くて生気あふれる面々が、真摯《しんし》にデスクワークに励んでいる様子は、壮観と言ってよかった。

「どうぞ」

奥の社長室に通された。

広々とした机を前に座っていた涼花は、銀縁《ぎんぶち》メガネをかけていたものの、三年前とほとんど変わらなかった。濃紺《こん》のタイトスーツも見慣れた装《よそお》いだったが、生地《きじ》と仕立てが見るからに上質になっていた。

「お久しぶり」

メガネをはずして立ちあがり、

「どうぞ、おかけになって」

ソファにうながされた。相対して腰をおろすと、ここまで案内してくれた秘書が、お茶を出してくれた。

「これ、つまらないものですが……」

健一は手土産《てみやげ》の羊羹《ようかん》を秘書に渡した。秘書が出ていっても、しばらくの間、口をきくことができなかった。

涼花も黙っている。成功を自慢することもなければ、過去を思いだして憎しみを滲《にじ》ませることもなく、異様なまでに落ち着いている。

その雰囲気が、健一の心も落ち着けてくれた。三年前、ふたりで変態プレイに溺《おぼ》れていたことなど、彼女にとっては遥《はる》か昔の小さな思い出になっているのではないか、と思えたからである。

三年間でここまでの成功を手に入れるためには、寝食も忘れて仕事に没頭《ぼっとう》しなければならなかったはずだ。そして、成功者のオーラで生来《せいらい》の美貌に磨きをかけた彼女が、モテないはずがない。ひとりの男のものになったか、独身生活を謳歌《おうか》しているのかわからないが、いずれにしても充実した生活を送っているに違いないことは、言葉を交《か》わさずとも察することができた。

「扉を閉めないでくれたことに、まずは感謝します。ありがとう」

健一は深々と頭をさげた。

「概要は電話で話した通りですが、会社の再建にぜひとも力を貸していただきたい。これは父……いや、社長たっての希望なんです。なんとか前向きに考えていただけないでしょうか」

間をとるために、お茶を飲んだ。とても美味《おい》しかった。

「とはいえ、これだけの会社を率《ひき》いていたら、佐倉さんもご多忙でしょうから、実際の仕事はスタッフの方に任せていただいてかまいません。あなたの会社がコンサルタントを請《う》け負ってくれるだけで、社長も安心すると思いますし……」

健一自身も、涼花が社外取締役などになるより、そのほうがずっといい。ビジネスライクに話をしているぶんには平気でも、日常的に顔を合わせるのはやはり気まずいものがある。

「いいえ……」

涼花は静かに首を横に振った。

「この件は、わたしが陣頭指揮《しき》を執《と》ります。可能であれば、御社にデスクを置かせてもらって、常駐《じょうちゅう》させていただきたいですね」

「ええっ？」

健一はさすがに顔をしかめた。

「常駐って……こっちの会社はどうするんですか？」

「信頼するスタッフに任せます」

「いやいや、うちのほうを信頼するスタッフさんに任せていただければ……」

「もう決めたんです」

涼花はぴしゃりと言った。

「老舗《しにせ》の会社、それも、それなりに利益をあげてこれからもあげていくであろう会社のリニューアルって、本当に難しいものなんです。長い歴史の中で積み重ねられてきた不合理がたくさんある。眼に見えるものも、見えないものも……それを一つひとつ是正《ぜせい》していくわけですから、生半可《なまはんか》な仕事じゃないんです」

「そ、そうですか……」

健一の心は千々《ちぢ》に乱れた。彼女が仕事を受けてくれそうな雰囲気に安堵《あんど》しつつも、会社に常駐される気まずさを想像すると厳しいものがあった。とはいえ、彼女の口ぶりは大きな仕事にチャレンジする優秀なビジネスパーソンそのものであり、そこに過去のわだかまりや私情は微塵《みじん》も感じられなかった。

涼花は変態性欲者だが、仕事はきっちりしている。その点は父の隆一郎も褒めていたのだから、個人的なあれこれは呑みこんで、すべてを彼女に任せてしまうしかないようだった。

4

「ちょっと待ってよ、叔父さん……」

副社長の浩二郎叔父に、健一は弱りきった顔で言った。

「彼女のデスクをここに置くって、それはないよ。頼むから総務部に置いてもらってくれよ」

浩二郎はなんと、父親の代わりに健一が詰めている社長室に、涼花用のデスクを置くというのだ。総務の若手社員たちが、実際にデスクを運びこもうとしている。

「あんな事件があったばかりだから、総務の連中はピリピリしてて、部外者がいられる雰囲気じゃないんだよ……」

浩二郎は健一の耳元でささやくと、

「それにだ！」

急にみんなに聞こえる大声で言った。

「おまえはまだ、正式な社長ってわけでもないからな。社内でいちばん豪華なこの部屋を、ひとりで使っているのは贅沢《ぜいたく》だ。文句があるなら、早いとこ社長になるこった。そうすれば、俺もおまえの意見を汲《く》んでやる。よーし、みんな、チャッチャと作業しちゃってくれ」

浩二郎に指示され、若手社員たちがデスクを運びこんでくる。椅子や電気スタンドや細々とした文房具までセッティングして、風のように去っていく。

「そんなこと言われても……」

健一は苦りきった顔で唸ることしかできなかった。

驚いたことに、浩二郎は涼花の存在を知っていた。知りあいが経営している加工食品メーカーが、業績不振にあえいで経営コンサルタント会社に相談したところ、一年かからずに売上をV字回復させたらしい。その会社が〈佐倉涼花事務所〉だというのである。ともすれば父以上に涼花の手腕に期待し、下にも置かない扱いで遇《ぐう》さなければならないという使命感に駆《か》られている。

それに加え、隆一郎によけいな知恵をつけられたのだろう。

今度経営コンサルタントとして雇った女は、なかなか頭が切れるから、まだ半人前の跡取り息子のお目付役にちょうどいい、と。

それ自体は文句のつけようのないことかもしれないが、こちらにも人には言えない事情というものがあるのである。毎日朝から晩まで涼花と顔を突きあわせているなんて、針のむしろに座らされているのと同じではないか。

それに……。

父親孝行のことで頭がいっぱいですっかり忘れていたが、涼花がこの会社に常駐するとなると、非常に大きな問題が発生するのである。

満里奈だ。

彼女はハメ撮りビデオを通じて、涼花の顔を知っている。社内で鉢合《はちあ》わせになった場合、どうして健一の元カノが会社にいるのだと疑問に思うだろう。あまつさえ、同じ社長室にいることを知れば、どんな反応が返ってくるのか、考えるだけで身の毛がよだつ。

満里奈とは、いちおうの仲直りはした。

だが、両親が不在中は結婚話が前に進まないうえ、健一は夜ごと接待に駆りだされてなかなか会う時間をつくれなかった。それにやはり、満里奈にはどこかわだかまりがあるのだろう。ふたりきりで会っても空気が微妙で、あれほど最高だったセックスをしても、不完全燃焼で終わってしまうことが多かった。

両親が帰国した際には、満里奈が家事をすべて引き受けてくれたことを報告し、理想の花嫁だと胸を張って紹介しようと思っていたのに、両親揃《そろ》って病み上がりでは、それも叶《かな》わない。そしてトドメを刺すように、総務部長の不祥事である。不本意ながら、愛を育《はぐく》む余裕などない日々を送らざるを得なかった。

そして今度は、涼花の登場である。

満里奈のわだかまりの中心に立っている女が涼花なのである。

ハメ撮りビデオを見た満里奈は、「昔のことでしょ」「わたし好きな人のことはなんでも知りたいタイプだから」と笑っていたが、それが本音だとは思えない。幻滅《げんめつ》したに決まっている。普通のセックスをしているのならともかく、満里奈にはしたことがないサディスティックなスパンキングプレイに淫していたのだから、最低でも変態の烙印《らくいん》は押されたはずだ。

いつか自分も、あのビデオの中の女のように尻が真っ赤になるまで叩かれるかもしれない、と思われていたら最悪だった。そんなことはない、あれは相手の女が望んでしていたことなのだ、と説明したくても、切りだす勇気が出てこなかった。あのビデオの件が、話題に出ると思っただけで動悸《どうき》がして冷や汗が流れる。

しかし、もう逃げてはいられなかった。

明日になれば、涼花は会社にやってくる。営業部と社長室はフロアが違うのが救いだが、社内にいれば満里奈に目撃されることだってあるだろう。涼花は目立つ女だから、社長室に常駐しているという話だって、すぐに社内にひろがるに違いない。

説明しなければならなかった。

涼花の才覚を見込んだのは父の隆一郎であって、自分ではない、と。

彼女はまがうことなき変態性欲者だが、自分はそうではない、と。

その証拠に、涼花が求める変態プレイについていけなくなったので、別れることになったのだ、と。

時計を見ると、午後四時を過ぎていた。

急がなければならなかった。

いまから満里奈にすべてを話すのだ。今夜も接待《せったい》の予定が入っているから、夜になったら電話をすることすらままならないかもしれない。明日の朝になったら、涼花がやってきてしまう。

営業部のフロアに向かった。

前の廊下で彩子とばったり顔を合わせた。

「あら、お久しぶり」

柔和《にゅうわ》な笑顔がまぶしかった。彼女にはけっこうひどいことをしてしまったのに、社内で会えばなにごともなかったように笑いかけてくれる。いまはそのやさしさが、涙が出そうになるほどありがたい。

「あのう……今度また、みんなで飲みにいきましょう。高級焼肉でもなんでも、ご馳走《ちそう》させてもらいますから……」

「どうしたの？　泣きそうな顔して……」

ポカンとしている彩子を残し、営業部のフロアに入った。満里奈はお盆を手に、取引先である家具メーカーの役員と笑顔で談話中だった。お茶を運んだあとらしい。

「ちょっとすみません」

話に割って入ると、

「おおっ、これは若社長」

役員がニヤニヤと笑った。

「やめてくださいよ、そんな……」

健一は苦笑しながら、満里奈の肘《ひじ》をつついた。

「ちょっといいかな?」

耳元でささやくと、媚《こ》びた笑顔からすうっと表情が抜けた。

「なんでしょうか?」

キッと睨《にら》まれた健一は、

「なんでもいいから、ちょっと来てくれ……」

満里奈の手からお盆を取って近くにあったデスクに置くと、肘をつかんで強引に廊下に連れだした。ふたりの交際は、まわりには秘密である。勘ぐられるような行動は厳に慎《つつし》まなければならないが、緊急事態なのでしかたがない。

「なんですか! ちょっと! 離してください!」

廊下に出ると満里奈は怒りだしたが、かまわず肘を引っ張ってエレベーターに乗りこんだ。幸運なことに、他には誰も乗っていなかった。

「悪いが十分だけ話をする時間をくれ」

「仕事中です」

「買い物を頼まれたことにすればいい。部長には俺から言っておくから……」

健一の表情があまりに必死だったからだろう。

「……なんなんですか、もう」

満里奈は怒りに頬をふくらませながらも、頼みをきいてくれる気になったようだ。

とはいえ、どこで話をすればいいだろう？　近所のカフェでは誰かに見られてしまうかもしれないし、路上で立ち話というわけにもいかない。公園までは歩いて五分。往復だけで十分かかる計算になるが、あそこまで行くしかないだろう。

エレベーターが止まり、扉が開いた。

「行こう」

満里奈をうながして外に出る。受付の警備員に会釈《えしやく》して、夕暮れ間近なオフィス街に飛びだしていく。

「あら……」

声をかけられ、反射的に立ちどまった。

涼花だった。

濃紺のタイトスーツにハイヒール、女社長に出世した美貌の三十五歳が、余裕たっぷりに笑いかけてきた。健一は一瞬、時間がとまったような気がした。

「な、なんで……」

滑稽なほど震えている声で訊ねる。

「偶然、近くまで来たの。せっかくだから挨拶《あいさつ》していこうと思って」

涼花が答える。服のグレードがあがったせいもあり、立っているだけで途轍もなくエレガントだ。

「そ、そう？　でも、ちょっと……いま急用が……」

恐るおそる満里奈を見た。表情に変化はなかったが、衝撃を受けているのはあきらかだった。瞬きをまったくしていなかったからだ。

「……やな感じ」

満里奈が低い声でボソッとつぶやき、涼花の顔色が変わる。

「い、いや、あの……」

健一があわてて場を取り繕おうとすると、

「大丈夫ですから！」

満里奈は不自然なほど甲高い声で言った。

「買い物くらい、ひとりで行けます！」

背中を向け、勢いよく駆けだした。

「……なんなの？」

涼花が呆れた顔で吐き捨てる。

「ずいぶんな態度じゃない？　わたし、彼女になんか悪いことした？」

「いや、その……まいったな……」

健一は力なく苦笑した。混乱のあまり、頭がくらくらしてきた。気を入れて足を踏ん張っていないと、その場にへたりこんでしまいそうだった。

5

その日は結局、健一は予定の接待をキャンセルすることになった。

接待の相手が初見ではなかったせいもあり、浩二郎叔父が気を遣ってくれたのだ。彼を含め、役員たちに涼花を紹介したところ、せっかく寄ってくれたのだから食事くらいご馳走させてもらえ、と言われたのである。

健一は内心で快哉《かいさい》を叫んだ。

これで満里奈に電話ができる、と思ったからだ。

いや、電話など生ぬるい。先ほどの顔色から察するに、彼女の心の痛手は尋常ではないはずだった。ハメ撮りビデオで見たことのある、イマ彼の元カノが眼の前に出現したから、だけではない。その元カノは非の打ちどころのない美人なうえ、見るからに高価そうなタイトスーツに、一点の曇りもなく磨きあげられたハイヒールで決めていた。対する自分は、会社支給の地味な事務服にサンダル履《ば》き。満里奈はこういうシチュエーションにひどく傷つく女なのである。

やはり、電話などかけずに、直接自宅を訪ねたほうがいいだろう。怒っていたら土下座でもなんでもして、事情を理解してもらうべく誠意をつくして状況を説明するのだ。

「それじゃあ、そろそろ出ましょうか」

涼花をうながして社長室をあとにしながら、健一は心の中で謝っていた。申し訳ないが、今日は食事には付き合えない。彼女ならわかってくれるだろう。そもそもアポもなしに突然顔を出したのだから、食事に誘われることなんて考えていないほうが普通である。

ところが会社を出ると、

「食事もいいけど……」

涼花は長い黒髪をかきあげて言った。

「わたしの家に来ない？　お酒くらいあるし」

「家？」

健一が訝《いぶか》しげに眉《まゆ》をひそめると、

「誰にも邪魔されないところで話がしたいの」

涼花は静かに言葉を継いだ。

健一は息を呑んだ。静かではあるが、涼花の口調には抜き差しならない切迫感《せっぱく》があり、断ることが難しく思えたからである。

「……仕事の話かい?」

涼花は答えずに、手をあげてタクシーを止めた。来たくなければ来なくていいという表情で、後部席に乗りこんでいった。

しかたなく、健一も同乗した。時刻はまだ午後六時半だった。二時間話をしたとしても、まだ八時半。満里奈の家に九時半には着ける。なんとしても、二時間以内で話を終わらせるのだ。

涼花の自宅は、三年前から変わっていなかった。

場所だけではなく、リビングの雰囲気までまったく一緒だったことに、健一はいささか驚いた。高価そうなものばかり並んでいるのに、寒々とした印象の部屋だった。オフィスを見る限り、かなりの成功を収めていそうなのに、心模様は変わっていないということだろうか。

「ワインでいいかしら?」

「ああ、なんでも大丈夫……」

テーブル席に着くと、出てきたのはオーパス・ワンだった。しかも、一九九六年のヴィンテージだ。ワインのことにさして詳しくない健一でも、それがオーパス史上最高傑作《けっさく》と呼ばれていることくらいは知っていた。

しかし、ワイン好きなら涙を流して喜ぶであろう誉《ほま》れ高き名酒を、じっくり味わうことはできそうもなかった。

向かいの席に座っている涼花の表情が、みるみる険しくなっていったからである。

「なにか……言うことないの？」

仕事中とは別人のような低い声で、涼花は言った。

「なにかって？」

健一が首をかしげると、

「なかったことになってるのかな？」

涼花は長い溜息をつくように言った。

「たった三ヵ月、短い間だったけど、わたしたち付き合ってたわけでしょう？　再会してからのあなたの態度、まるでそのことを記憶から抹消《まっしょう》してしまったみたいで……正直、怖い……」

「いや、その……」

健一の心臓は早鐘を打ちはじめた。いつか言われるかもしれないと覚悟していたものの、いざ言われると返す言葉が見つからなかった。なにも言われないまま、仕事の関係だけを保ちたいというのは、やはり大甘な考えだったらしい。

「……すいませんでした」

両手をテーブルにつき、深々と頭をさげた。

「付き合ってたことを、なかったことにしたかったわけじゃないんだ。でも、あのときは俺も、かなり冷たい仕打ちをしてしまったし……謝りようがないというか、本当は合わせる顔もなかったわけで……」

「合わせる顔がないのに、平然と仕事を依頼してきたわけ？」

涼花が憎々《にくにく》しげに唇を歪《ゆが》める。

「そ、それは……」

健一は深い溜息をつくと、

「意地悪言わないでくれよ……」

泣き笑いのような顔を涼花に向けた。

「そっちを推薦《すいせん》したのは俺じゃなくて、俺の親父だって説明したじゃないか。俺だってできることなら、他を当たりたかったよ。だけど、病に伏せっている年寄り相手に、込みいった話なんてできないじゃないか」

「お父さん思いなのね？」

涼花が皮肉っぽく言ったので、

「なんと言われてもいいよ……」

健一は力なく答えた。

「実際、親に対する見栄《みえ》っていうかな、いいとこ見せたいって気は、あったと思うし。あったから、親父が気にいっている涼花さんに会いにいったわけで……」

涼花は言葉を返さず、ワイングラスを口に運んだ。

健一も飲んだ。

最高級のはずの葡萄酒《ぶどうしゅ》の味が、まるでわからなかった。

重苦しい沈黙だけが寒々とした広いリビングを支配する時間が、長く続いた。

「……ってよ」

「んっ？」

声が小さすぎて、涼花がなにを言ったのか聞きとれなかった。

「そんなふうに……お父さんを思いやれる気持ちがあるなら、少しは元恋人にも気を遣ってよ」

涼花の顔がみるみるこわばり、いまにも泣きだしそうになった。

「わたしがあなたのこと吹っ切るのに、どれだけ時間がかかったと思うの？　あなたのことを考えなくするために、許容量以上に仕事請け負って、寝ないで仕事して、人が集まってきて会社ができて、今度は会社のために頑張って……それでも忘れられなくて……」

健一に向けられた眼が、涙でいっぱいになる。

「いまになってノコノコ眼の前に現れるなんて、残酷《ざんこく》すぎる仕打ちだと思わない？」

涙がこぼれ、頬を伝った。

「あなた、健一くん、そんなにお父さんにいい顔したいなら、わたしにも少し気を遣いなさい。今日おたくの会社に行って驚いたけど、わたし社長室に詰めることになるんでしょう？　あなたと毎日顔を合わせなくちゃいけないんでしょう？」

「……すまない」

健一にできることは、頭をさげることだけだった。

「その件については……俺も抵抗したんだけど……」

「毎日顔を合わせてるうちに、前の気持ちが戻ってきちゃったらどうしてくれるの？　健一くん、わたしとまた付き合ってくれる？」

「それは……できない」

震える声を絞りだした。

「俺にはいま……恋人がいる……結婚も考えてる……だから……」

「じゃあ、わかった！」

涼花が健一を制して言った。

「わたし、正直言って、あなたにふられたショックでね、しばらくヤリマンみたいにいろんな男とやりまくったの。でも……でも、ダメだった……あなたより燃える男なんて、ひとりもいなかった……だから……だから、セフレになって！」

「む、無理だよ……」

健一は力なく首を振った。

「どうして？　彼女に悪いから？」

涼花が眼を剝《む》く。

「当たり前じゃないか……」

「じゃあ、経営コンサルタントは別の人を探してください。わたし、できない。お父さん思いで、恋人思いなくせに、わたしにだけ冷たい仕打ちして、なのに仕事だけ押しつけられるなんて、絶対にいや」

「おいおい、待ってくれよ……」

健一は苦りきった顔で溜息をついた。

「せっかくまとまりかけた話を、そんなことでひっくり返すのかよ？　プロじゃないぜ、そんなの」

「プロじゃなくてけっこうです。どうせあなたにふられた腹いせに、仕事しまくってできた会社だもの。私情でおりて社員に文句言われたら、社長なんて辞めてあげるわよ」

「自棄にならないでくれよ、頼むから……どうすればいい？　たしかにあの別れ方は、あんまりだったと反省してる。お詫《わ》びになんでもするから、許してほしい。ただセフレは……」

「セフレ以外ならなんでもいいの？」

「ああ……」

「じゃあ……」

涼花はまなじりを決して立ちあがると、中腰になって健一に尻を突きだしてきた。

「じゃあ、ぶって……セックスなんてしなくていいから、思いきりぶって……昔みたいに……さあ！」

涙眼になって哀願してくる涼花の姿に、健一はなにも言えなくなった。彼女のパフォーマンスは子供じみていて、いっそ滑稽と言ってもよかったが、笑えなかった。これほど激しく愛されていたことに、胸を打たれないではいられなかった。

第六章　最高のセックスのために

1

九月──。

長く続いた盛夏が、ようやく終わりに近づいてきた。

涼花が〈本山材木店〉の経営コンサルタントとなってから三ヵ月、組織改革は着々と進んでいた。縁故入社組のリストラと、実力ある若手を積極的にポストに就《つ》けたことで、社員たちの士気はあがり、人間関係の風通しもよくなってきた。まだ業績には反映されていないものの、やがて上昇していくだろうという確信が、上は役員から下は新人まで満遍《まんべん》なく行き渡っていた。

社内での涼花の人気はうなぎのぼりだった。

経営コンサルタントとしての実力に加え、なにしろ美人だし、装《よそお》いも並みのＯＬでは手が届かないほど高価なものばかり身につけている。自分の会社をつくったせいか人当たりもよくなり、かつての「敵をつくりやすい女」の面影《おもかげ》はもうない。欠点を克服《こくふく》しただけではなく、人に好かれるためのノウハウを手に入れ、口調や所作はどこまでもエレガント。女性社員からも男性社員からも羨望《せんぼう》のまなざしを向けられ、「社長室に咲いた高嶺《たかね》の花」などと呼ばれていた。

一方の健一は憂鬱《ゆううつ》だった。

涼花の手ほどきによって、経営術のイロハを学べば学ぶほど、彼女の才覚に圧倒された。まず教えるのが抜群《ばつぐん》にうまい。決して居丈高《いたけだか》なサジェスチョンはしないし、上から目線が鼻についたかつての彼女が別人に思えるほど、粘《ねば》り強くこちらの成長を待ってくれる。

そして、経営というものがわかってくればくるほど、彼女の組織改革のやり方がいかに合理的であり、そこで働く人間たちを幸せに導くものであるのか、つくづく思い知らされた。父がその手腕に期待を寄せた理由がわかった。

ただ……。

涼花の株があがっていくと同時に、社内に妙な噂《うわさ》が立ちはじめた。

次期社長である若社長が涼花と結婚するのではないか、という噂である。

これにはまいった。

お互いに独身だし、これから二人三脚で会社を守《も》りたてていこうというふたりだから、そんなふうに見られるのはある程度しかたがないことなのかもしれない。酒の肴《さかな》にされるくらいなら、健一も笑って許しただろう。

しかし、父の隆一郎までがそんな噂を真に受けはじめると、笑ってはいられなくなった。いまだ基本的には療養《りょうよう》生活を送り、会社には週に一度顔を出すくらいだったが、出すたびに涼花の仕事と美貌《びぼう》を褒《ほ》め称《たた》え、

「なあ、佐倉さん。この通りだ。頼むからうちの倅《せがれ》の嫁《よめ》になってやってくれないか。できの悪い息子で本当に申し訳ないんだが……」

などと真顔で言う。おまけに、涼花は涼花で嬉《うれ》しそうに笑っているから、健一の顔はひきつっていくばかりだった。

さすがに耐えかねて、自宅で父に詰め寄った。

「いい加減にしてくれよ。俺と佐倉さんは、そういう関係じゃないし、俺が結婚したい人は別にいるんだよ。早く彼女を紹介したいんだよ……」

「断る」

隆一郎は口をへの字に曲げて言った。

「おまえの嫁は、佐倉さんがいい。あんなに素晴らしい女性、鉦《かね》や太鼓《たいこ》で探したっていや

しない。だいたいな、健一。私だって馬鹿じゃないから、惚《とぼ》けたふりして彼女の気持ちを探ってるんだよ。あれは、満更《まんざら》でもないな。おまえみたいな男のどこがいいのかわからんが、間違いなく好意をもってると思うな……」

「いやいや、そういう問題じゃなくてさ、父さん言ったよね？　俺が選んだ人なら間違いないだろうって、父さん、そう言ってくれたよね？」

「言ったかもしらんが、撤回《てっかい》する。私は佐倉さんがいい」

啞然《あぜん》としていると、するすると襖《ふすま》が開いて母の真枝が入ってきた。どうやら廊下で、やりとりを盗み聞きしていたようだ。

「ねえ、健一……お父さんがここまで言うなんて、よっぽどのことよ。あなたも意地になってるだけじゃなくてね、少しは聞く耳をもったらどうなの？」

「そう言われても……」

「じゃあ、こうしたらいいじゃない？　ひとまず、佐倉さんとも付き合ってみるのよ。やっぱりね、男と女には相性があるから、付き合ってみなくちゃわからないこともあると思うの」

「いったい、なにを言ってるんだよ……」

健一は怒りに声を震わせた。

「それってなに？　まさかいま付き合ってる彼女と佐倉さんと、二股かけろっていうこと？　それが親の……母親の言うことなの……」

「あなたの幸せを願えばこそじゃない！」

真枝が涙ながらに手を握ってくる。

「自分のお腹を痛めて産んだ子供の幸せを願って、なにが悪いの？　ねえ、健一？　お母さん、そんなに悪いこと言ってる？」

「だいたい、ここまで結婚を引き延ばしたのは、おまえじゃないか。頼むよ。老い先短い父さんと母さんを、早く安心させてくれよ」

隆一郎まで涙ぐみだしたので、健一は部屋を飛びだした。こんな田舎芝居《いなかしばい》じみた説法に騙《だま》されてたまるかと思った。いまどき、両親の決めた相手と結婚するなんて馬鹿げている。相手がいないならともかく、健一にはいるのだ。好きで好きでしかたがない、運命すら感じてしまう恋人が、しっかりといるのである。

「久しぶりに会わない？」

満里奈からそんな電話が入ったのは、土曜日の昼だった。

「いいね。実はこっちも連絡しようと思ってたんだ。明日はちょっと予定が入ってるけど、今日は一日オフだからさ、どっか飲みにいく？」

「お酒飲むより……ドライブとか、したいかな」

「へぇえ、珍《めずら》しいね。いいよ、行こう。親父のクルマだけど……」

健一は早速、クルマで満里奈の家に向かった。久しぶり、と彼女が言っていたとおり、二週間以上もふたりきりで会っていなかった。

涼花が〈本山材木店〉で働くことになった経緯は、きちんと説明してあった。満里奈はいちおう納得してくれたが、相手が相手なだけに、またもや心に大きなわだかまりをつくってしまったようだった。

満里奈との関係はギクシャクしていくばかりで、なにもいいことがなかった。

社内では、健一と涼花が結婚するような噂がたっている。

両親は涼花との結婚にばかり前のめりで、満里奈とは会ってくれようともしない。

そのうえ、つい最近、もうひとつ重大な問題がもちあがった。

涼花がつくったリストラ候補リストに、満里奈の名前が入っていたのである。

なるほど、たしかにひとつの部署に、お茶くみとコピー取りが主な仕事の女性社員が、四人もいるのは多いかもしれない。合理性を追求するなら、せいぜいふたりで充分だろう。それはわかる。

しかし、である。

一般職の女性社員は、会社の華《はな》でもあるのだ。彼女たちがいることで、仕事のモチベーションをあげている男性社員もいるだろうし、職場結婚のチャンスだってある。彩子や香織や里沙が社内の男と結婚するかどうかはともかく、いなくなってしまえば夢さえ見ることができなくなるのだ。

健一はもちろん、自分に当てはめて考えていた。

満里奈がわが社に入社してくれなかったらと思うと、ゾッとした。彼女に会えなかった人生を送るくらいなら、生きている価値がなかったとさえ思う。一見不合理に見える一般職女子の雇用も、そういう観点でみれば、実りが多いものなのである。

むろん、涼花には通用しない理屈だが……。

「……言えないよなあ」

ハンドルをさばきながら、独りごちた。

満里奈に、彼女がリストラ候補にあがっていることを告げずにすますには、結婚話を前に進めるより他になかった。寿《ことぶき》退社が決まり、自分のほうから辞表を出せば、リストラの意味がなくなるからである。

満里奈の家に着いた。

扉を開けて迎えてくれた彼女を見て、軽い違和感を覚えた。黒いワンピースを着ていたからだ。襟《えり》が白いレースで、ベルベットのような生地《きじ》のものだったので、お嬢様めいていると言えば言えるが、なんだか喪服《もふく》のようでもある。

珍しいことだった。家での普段着は花柄のワンピースばかりで、家事をするためのトレーナーさえピンク色の彼女なのだ。

しかし、悪くなかった。

少し不機嫌《ふきげん》そうな顔に、黒いワンピースの組み合わせから、いつもとは違う、大人びた色香が匂《にお》ってきた。健一は、しばし黙って見とれてしまった。むらむらとこみあげてくるものがあり、玄関で靴を脱《ぬ》いだ途端《とたん》に彼女を抱きしめた。

「会いたかった……」

反応がなかった。健一がそういう先走った行為《こうい》をすると、その気があってもなくても、「いやっ！　やめてっ！」と身をよじって拒《こば》むのがいつもの満里奈だった。健一はわかっていながら、ベタな愛情表現をしてみたかったのだが、悲鳴もあげなければ、腰にまわした腕にも手応《てごた》えがまったくない。

「……わたしたち、別れましょう」

ずいぶん遠いところから、その声は聞こえてきたような気がした。

「いろいろ考えてみたけど……健一さん、佐倉さんと結婚したほうがいいと思う」

「な、なにを言いだすんだ……」

健一は驚いた。驚愕《きょうがく》のあまり笑ってしまうくらいに。

「まさか社内の噂話を本気にしたのか？　やめてくれよ。俺と彼女はいまはもうなんでもないし、俺が結婚したいのは満里奈だけなんだ」

両肩をつかみ、顔をのぞきこむ。満里奈は顔をそむけた。黒いワンピースのせいで、元から白い顔がますます白く見えた。

なるほど、別れ話をするために黒いワンピースを着ていたのだ。そういう芝居がかったくさい演出が、彩子などに言わせると「ケッ！」というところなのだろうが、自分は好きだと健一は思った。そういう満里奈が断じて好きだ。

「でも、佐倉さんは、きっといまでも健一さんのことが好きよ……」

満里奈がか細い声で言った。

「そんなことはない。彼女はプロだ」

健一はきっぱりと言い返した。

「女同士だもん、見てればわかるよ」

「仮にそうでも、俺が好きなのは満里奈なんだぜ。関係ない」

「健一さん……」

満里奈が色の抜けた顔を向けてくる。

「結婚って、自分のためだけにするものじゃないでしょ？　早く結婚してご両親を安心させてあげたいって言った健一さんのこと、偉いと思った……そういうところ、好きだなって……」

「だから早く結婚しよう」

「そうじゃなくて、わたしと結婚するより、佐倉さんと結婚したほうが、ずっとまわりに祝福されるのよ。ご両親にも、会社の人にも……」

「そ、それは……」

健一は言葉につまった。狼狽《うろた》えたところを見せてはいけないと思いつつも、子供じみた意固地さで涼花との結婚を求めてきた、老いた父親の顔が脳裏《のうり》をよぎってしまったからだ。それを古くさいとかナンセンスだと一刀両断にできるほど、健一は育ちが悪くなかった。

「わたし、いやなんだな……」

満里奈はにわかに意地の悪い顔で吐き捨てた。

「あんなに美人で、頭がよくて、スタイル抜群で、お金持ちな人と比べられるのがすごくいや。比べられるだけですごく傷つく……」

「比べてなんかないだろ……」

健一は深い溜息をついた。

「彼女とは三年前に終わったんだ。いま俺が好きなのは満里奈だけなんだって……」

「そんな眼で見ないで！」

満里奈は背中を向けた。

「健一さんに比べるつもりがなくても、あなたの瞳にはあの人が映ってて、わたしも映ってるでしょ？　三年前の話じゃなくて、いま！」

健一は言葉を返せなかった。

あまりにも自分勝手な、わがままな意見だと思ったからではない。

満里奈が怒るのは当然だった。彼女を気遣うつもりがあるなら、父がなんと言おうと、涼花に仕事を頼むべきではなかったのだ。どれだけ面倒でも、自力で経営コンサルタントを探しだすべきだったのだ。

これは仕事をサボったことへのしっぺ返しだ。

満里奈は悪くない。

悪いのは、こちらだ。

「やっぱり悪いことはできないっていうのかなあ……」

満里奈が背中を向けたまま言葉を継ぐ。

「わたしべつに、健一さんのことそんなに好きじゃなかったし。でも、もしかしたら社長の奥さんになれるかも！　って勝手に盛りあがってただけだから……」

健一は泣きたくなってきた。

「そういうこと言うなよ。そういう嘘《うそ》……」

こちらに向いた満里奈の背中も泣いている。わなわなと肩を震わせ、いまにも嗚咽《おえつ》が聞こえてきそうだ。

「嘘じゃないし。心配しなくても、わたしモテるから、男なんてすぐできるし。内緒にしてたけど、健一さんと付き合っている間にも、アプローチとか告白とか、いっぱいあったんだから。別れたって、よりどりみどりなんだから……」

「……帰るよ」

健一は靴を履《は》き直して外に出た。言いたいことは山ほどあったが、これ以上彼女を追いこみたくなかった。追いこんで、醜《みにく》い姿をさらさせたくなかった。

2

翌日の午後遅く、健一はクルマで帰宅した。

外泊をしたのは実に久しぶりのことだった。宿酔《ふつかよ》いで全身が気怠《けだる》かった。だが、肉体の不調はまだいい。じわじわとアルコールが抜けていくほどに、心の生傷が鮮明になっていき、気分がひどく落ち着かなかった。それから逃れるために酒でも飲みたかったが、今夜は予定が入っている。

昨日、満里奈の家から退散した健一は、首都高速をめちゃくちゃに走りまわった。目的地はなく、ただ頭を真っ白にするためだけにアクセルを踏み、ハンドルを操作した。気がつけば横浜《よこはま》にいた。日はすでにとっぷりと暮れていた。クルマをコインパーキングに突っこみ、バーを何軒もはしごした。後先を考えず、名前を知っているカクテルを片っ端から飲み干《ほ》して、安宿で死んだように眠った。眼を覚ますと昼過ぎだった。宿酔いもひどかったが、昨日の昼からつまみの乾き物しか食べていなかったので、空腹の深刻さはそれ以上だった。中華街へ行って湯麵《タンメン》を食べたが、麵はほとんど喉《のど》を通らなかった。散歩でもすれば少しは気分がよくなるかと思って山下《やました》公園に向かったが、潮風が全身をねっとりと包みこんできて不快になっただけだった。

もちろん……。

高速道路を百二十キロでぶっ飛ばそうが、ハードリカーを浴びるように飲もうが、頭は真っ白になってくれなかった。

満里奈のことを考えつづけた。

彼女と分かちあった恍惚《こうこつ》を思いだすほどに、涙が出そうになった。

別れることを想像しただけで、半身を削《そ》がれたように体中に痛みが走った。比喩《ひゆ》ではなく、本当に痛かった。

「あら、健一。外に泊まるなら、電話くらいしてよ」

家にあがると母に言われた。

「ああ、ごめん……」

「晩ごはん、食べるでしょ？　いまお父さんのところに、たくさんお客さんが来てるのよ。久しぶりにお鮨《すし》でもとるつもりだけど……」

「いや、俺はいいよ。シャワー浴びたらまた出かけるから」

「……あら、そう」

母は露骨《ろこつ》に残念そうな顔をした。

「べつにいいけど、あなたこのごろ、毎週日曜日の夜になると出かけていくわね」

「平日の夜は接待《せったい》漬けなんだ。週末くらいは好きにさせてくれよ」

健一はバスルームに向かうと、頭から熱いシャワーを浴びた。苛立《いらだ》ちがこみあげ、舌打ちをしてしまう。こっちだって好きで出かけるわけじゃない、と胸底で吐き捨てる。

家を出て、向かった先は涼花のマンションだった。

「いらっしゃい」

扉を開けた涼花が、眼を合わせずに言う。

「ああ……お邪魔します」

健一もまた、眼を合わせずに答えた。靴を脱いでリビングに進み、まだ昨夜の酒が残って気怠い体を、ソファに預けた。

「コーヒーでも飲む？」

「ビールあるかな？」

涼花はポカンとして立ちすくんでいる。

「どうかした？　なきゃいいよ、ウイスキーでもブランデーでもワインでも……」

「そうじゃなくて……」

涼花は苦笑した。

「そんなこと言われたの初めてだから……いつもわたしが『コーヒーでも飲む？』って訊くと、絶対に『いいよ、すぐ始めよう』って答えるじゃない？　嫌なことはさっさと終わらせたいみたいに……」

健一は溜息まじりに苦笑した。

「ちょっと宿酔いがきつくてさ。一杯飲んだほうが調子出るんじゃないかと思って」

涼花はテーブル席にビールとグラス、つまみにチーズと野菜スティックを用意してくれた。そちらに移動して飲んだ。健一はわざと乾杯をせずに勝手に飲みだしたのだが、涼花は楽しそうに笑っていた。

まったく腹が立つ。

もはや外堀は埋め終わり、あとは内堀を埋めるだけ、と彼女の顔には書いてあった。考えてみれば、この状況は想定できたことだった。人間関係や利害関係が複雑に入り組んだ会社という組織は生き物のようなもので、それを自在に操って蘇生《そせい》させることを生業《なりわい》にするほど頭のいい彼女なら、容易《たやす》い作業だったに違いない。気がつけば、両親も役員も下々の社員まで彼女の味方で、まわりにいる全員が健一との祝言《しゅうげん》を首を長くして待ち望んでいる有様《ありさま》だった。

しかも涼花は、会わなかった三年の間に、それを鼻にかけたり、誇《ほこ》らしげに口にしないクレバーさも身につけていた。

「まわりの人たちが、わたしたちの結婚を望んでいるのよ。こんなに幸せな結婚って、滅《めっ》多《た》にないんじゃないかしら」

などと口にすれば、健一は意地でも反発するだろう。それがわかっているから、涼花はなにも言わない。ただじわじわと真綿《まわた》で首を絞めるように、堀を埋めていく。口で言い負かそうとする愚《ぐ》を犯さず、共有した時間を積み重ね、情がわくのを待っている。

結婚に向いている資質というのがあるなら、まさにそれかもしれなかった。

涼花はもう、男をキレさせない。感情的にならず、少なくとも表面的には、きちんと男を立てる。六つも年上にもかかわらず、一歩さがる余裕がある。

満里奈は逆だ。

男の地雷を踏みまくり、男に我慢を強《し》いる。それが彼女なりの甘え方であり、愛情を測る方法なのだが、強がりばかりのお姫様でいようとする。お姫様でいられなくなれば、別れがあるだけだ。話しあいは通用しない。情がわく余地もない。

「……そろそろ始めるか」

健一はグラスのビールを飲み干して言った。昨日の酒が残っているせいで、缶ビール一本で酔ってしまった。

涼花がうつむいて立ちあがり、寝室に消えていく。

経営コンサルタントの仕事を請け負ってもらうために、健一はスパンキングプレイを受け入れた。セックスはなし、尻を叩《たた》くだけという条件で、週に一度、日曜日の夜にこの部屋を訪ねてくる決まりになっていた。

最初は、タイトスカートに包まれた尻を、リビングで叩いているだけだった。涼花がスカートを脱ぎたいと言ったので、健一はそれを受け入れた。だんだんとエスカレートしていき、下着姿は恥ずかしいからと、間接照明の寝室に移った。

いまでは全裸だった。

「……ふうっ」

酒くさい息を吐いて立ちあがり、寝室に入ると、ダークオレンジの薄暗がりの中で、涼花が白い尻を突きだしていた。立ちバックの体勢で両手をベッドにつき、女の恥部という恥部をさらけだしていた。

健一は息を呑んで丸い尻を撫《な》でまわした。

むらむらとこみあげてくるものがある。

それを振り払うように、スパーンッ、と平手を飛ばすと、

「あああっ！」

涼花は甲高い悲鳴をあげた。

そして右手を両脚の間に伸ばしていく。スパーンッ、スパパーンッ、と尻を叩かれながら、陰部を自分でいじりまわす。

服を着けていたときは、そこまではしなかったが、下着姿でスパンキングを受けるようになったあたりから、涼花は自慰《じい》に耽《ふけ》るようになった。

健一にとめることはできなかった。

自慰までするのは最初の約束とは違う気もしたが、涼花の放つ切実なムードに押しきられた。

それに、自慰をしてくれたほうが、気が楽な部分もある。彼女がいいと言うまで尻を叩きつづけていると、終わりの見えなさに焦《じ》れてくるが、自慰をしてくれるなら、イケば終わりだ。

「はぁあああーっ！　はぁああああーっ！」

ふたつの尻丘が赤々と腫《は》れてくるにしたがって、涼花の指の動きは激しくなっていく。くちゃくちゃ、ねちゃねちゃ、と音をたてて花びらをいじりまわし、桃割れの間から獣《けもの》じみた発情の匂いをむんむんと漂《ただよ》わせる。したたかに身をよじっては、逞《たくま》しい太腿《ふともも》を痙攣《けいれん》させて喜悦《きえつ》を嚙《か》みしめる。

「ああっ、いいっ！　もっとしてっ！　もっとぶってえっ！　めちゃくちゃにしてえええっ……」

腰をくねらせ、尻を振りたてる涼花はいやらしかった。この世にこれほどスケベな生物がいるだろうかと思ってしまうくらいだった。

健一は勃起《ぼっき》していた。

スパーンッ、スッパーンッ、と平手を飛ばすほどに、痛いくらいにイチモツが硬《かた》くみなぎっていく。

三年前の自分は若かったのかもしれない、ふとそんなことを思った。こういったプレイを、かつては変態性欲と蔑《さげす》んでいたところもあったが、いまはもう少し違う見方ができた。

涼花の切実さが愛《いと》おしかった。彼女はたぶん、相手がどんな男でも、尻さえ叩かれれば燃えるというわけではないのだろう。愛があるから燃えているのだ。いささか歪《ゆが》んだ形ではあるものの、彼女が伝えようとしている傷だらけの愛情が、健一にはまぶしかった。

「ああっ、イキそうっ……わたしもう、イッちゃいそうっ……」

中指でずぼずぼと蜜壺をえぐりながら、涼花が振り返る。眼尻をさげて小鼻を赤く腫らし、半開きの唇を涎《よだれ》で濡《ぬ》らした無残な顔を見せつけてくる。

身の底からこみあげてくる衝動《しょうどう》を、健一は感じていた。

ズボンとブリーフを脱ぎ捨て、勃起しきった男根で彼女を貫《つらぬ》けば、自分もこんなふうに、恥も外聞もうっちゃって、肉欲だけに溺《おぼ》れられるのだろうと思った。ふたりの世界で、どこまでも陶酔《とうすい》していけるに違いなかった。

涼花は待っている。

健一が我慢できなくなり、挑みかかっていくのを辛抱《しんぼう》強く待っている。

息苦しいほどの興奮から逃れるために、そうしてしまおうかと思わないこともなかった。

しかし、自制できなくなったら、そこでジ・エンドだ。

このゲームは涼花の勝利となり、健一はまわりの人間すべてに祝福されて、彼女を嫁に娶《めと》ることになる。

それでいいじゃないか、と思えないのはなぜなのだろう？

これほどの女を前にして、最後の一線を越えられないほど、満里奈はいい女なのか。やくたいもない噂話に腹を立て、涼花と比べられるみじめさに耐えきれず別れ話を切りだし、社長の奥さんになってみたかっただけとうそぶくわがままなお姫様に、そこまで固《こ》執《しゅう》する必要が、果たしてあるのか、どうか……。

「……どうしたの？」

涼花がハアハアと息をはずませながら振り返った。

健一がスパンキングを中断したからだ。

たしかに興奮はするけれど、彼女の尻を叩けば叩くほど、自分にはサディスティックな資質はないのだと痛感した。

「悪い……今日はなんか……乗らないから……やめにしていいか？」

「ひどいじゃない！」

涼花が体を起こし身を寄せてきた。

「わ、わたし、いま、イキそうだったのよ……ひどすぎるわよ、こんなところでやめるなんて……」

唾液《だえき》に濡れた唇をわなわなと震わせる涼花から、健一は眼をそらした。

「やっぱり……こんなこともうやめよう……おかしいよ……」

健一が肩を落として寝室から出ていこうとすると、

「いいの？」

涼花が怒りに震える声で言った。

「やめるなら、わたしもあなたの会社から手を引くわよ。お父さん、がっかりするんじゃないかしら？　ううん、お父さんだけじゃない。みんながっかりする。みんなわたしとあなたが、結婚すればいいと思ってるんだから！」

重苦しい沈黙が寝室の中を支配した。

涼花が感情を露《あら》わにするのは、久しぶりだった。おそらく、再会して初めてだ。

健一はふっと笑った。

「な、なにがおかしいのよ！」

涼花が真っ赤になって怒鳴ったので、健一はよけいに笑った。

「いや……その……なんというか……ようやく本音が聞けて嬉《うれ》しいよ……」

あとからあとから、笑いがこみあげてきた。人間、クレバーなのもいいが、やはり素直《すなお》に生きるのがいちばんだ。欲望をはっきりと口にした涼花に好感がわいた。これでこちらも素直になれる。両親や会社のために彼女を選ぶということは、自分を殺してしまうことに他ならない。

「すまなかった……」

土下座をした。

「親父がなんと言おうと、キミに仕事を頼んだ俺が間違ってた。うちの会社から手を引いてくれ。契約違反については、できるだけのことをさせてもらう」

「……本気なの？」

涼花が唖然《あぜん》とした顔で言う。

「ああ……」

視線と視線がぶつかった。

「本当に申し訳ない……俺の優柔不断のせいで……二度も傷つけてしまって……」

知的な美貌が凍《こお》りつき、罅《ひび》が入り、パリンと割れた。

「ううう っ……うあああっ……」

涼花はベッドに倒れこみ、声をあげて泣きだした。

健一はその場から動けなかった。

耐えなければならなかった。

こちらだけ無傷でいようなんて虫のいい話だった。

泣くほどの悲しみもつらいだろうが、泣かせるのもまたつらいのだ。涼花の泣き声は忘《ぼう》却《きゃく》を許さない勢いで耳にこびりつき、刃物となって胸に刺さる。おそらく一生、刺さったまま抜けることはない。

耐えなければならなかった。

そんなことが罪滅ぼしになるはずもないけれど、健一が彼女にしてやれることは、他にもうなにもなかった。

3

「……なに？」

長いコール音のあとようやく電話に出た満里奈の声は、これ以上なく不機嫌そうだった。

「ちょっといいか？　話があるんだ」

健一の声は、自分でもびっくりするほど明るかった。

「だからなに？」

「部屋に行っていいかい？」

「いやよ」

「そう言うなって。もう下まで来てるんだ」

「やめてよ、もう……」

満里奈がごねそうだったので、

「じゃあ行くよ」

健一は強引に電話を切って、彼女の部屋に向かった。自然とスキップを踏んでしまいそうなくらい、気分が高揚《こうよう》している。

呼《よ》び鈴《りん》を押すと、仏頂面《ぶっちょうづら》の満里奈が顔を出した。ノーメイクなうえに、眼がひどく腫れていた。おまけにキャラクターがプリントされたロングTシャツ姿だった。いくら突然の訪問とはいえ、投げやりすぎる格好である。

「今日はずいぶんリラックスしてるんだな？」

健一がベッドに腰をおろすと、

「普段はこんなもんなんです」

満里奈は部屋の隅で膝《ひざ》を抱えて座った。

「幻滅してもいいですよ……むしろ、してほしいっていうか……」

すねた様子が可愛《かわい》かった。泣き腫らしたのだろうと思うと胸が痛んだが、すっぴんの腫れた眼には、いつもとは違う生々しい色気があった。

「さっそくだけど、話してもいいかな。佐倉さんのことだけど、うちの会社から手を引いてもらうことにした」

健一はきっぱりと言った。

「……えっ？」

満里奈が眼を見開く。

「嫌な気持ちにさせて、ホント申し訳なかった。でも、彼女がいなくなれば、もう心配いらないだろ」

「でも……大丈夫なの？」

「なにが？」

「佐倉さんって、健一さんのお父さんがどうしてもって言って雇うことにしたんでしょ？」

「それはまあ……」

健一は苦笑した。

「大丈夫じゃないかもしれないな……」

経営コンサルタントどころか、彼女と結婚しろと子供のように駄々《だだ》をこねていた隆一郎である。勝手に辞めさせたりしたら、激怒することは間違いない。満里奈を紹介すると言っても、頑《かたく》なに固持して譲《ゆず》らない可能性もある。

「でも、そのときはそのときさ。俺はもう、優先順位をはっきり決めたんだ。いちばんは満里奈だよ。佐倉さんの件で親父がなんだかんだ言ってきたら、彼女の代わりに俺が会社を辞めればいい」

満里奈は黙っている。白い喉が動く。生唾を呑みこんだらしい。

「本気なの……」

「ああ」

健一はうなずいた。考えれば考えるほど自分の決断に身震いが起きたが、もうあとには引けなかった。

「会社を辞めたら、社長の奥さんにはなれなくなっちゃうけど……結婚してくれるよな？」

視線と視線がぶつかりあう。

満里奈は抱えた両膝に顔をうずめた。

「結婚してくれよ。たとえ誰にも祝福されなくても、俺は満里奈と結婚したい。同じ家で暮らして、死ぬまで一緒にいたい。すべてを丸く収めようなんて、間違ってたんだ。好きで好きでしかたがない女と結婚する。間違ってないはずだ、今度こそ……」

「ううう……」

満里奈が立ちあがって勢いよく飛びついてきた。まるで小動物のような俊敏《しゅんびん》な動きだったので、健一は受けとめきれずベッドに倒れた。

「好きっ……好きっ……」

言いながら、何度も何度もキスをしてきた。チロチロと舌先を動かしてキスをしながら、満里奈は泣いていた。頬に流れている涙が熱かった。いつか、ラブホテルでキスだけしたときのような、野性を感じた。今度は指を噛まれなかった。野性以上に、愛情を伝えてくれるキスだった。

健一からもキスをした。柔《やわ》らかな満里奈の唇を感じながら、彼女の体をまさぐった。プリプリした桃尻を撫でまわすと、胸が熱くなった。彼女のことを好きなのは、心だけではなかった。手のひらが、ヒップの丸みを愛していた。体中の細胞が、求めあっていた。セックスの相性以外は文句なしの女と、セックスの相性だけは文句なしの女、健一が選んだのは後者だった。正解はわからないけれど、選んだ自分を褒めてやりたかった。

「……んっ？」

ロングTシャツの裾をめくりあげると、バックレースの黒いショーツが姿を現した。珍しいこともあるものだ。彼女が白やピンクや花柄以外の下着を着けているのを初めて見た。

「やっ……」

満里奈は自分の下着のことを忘れていたらしく、ひどく焦《あせ》った顔をした。

「見せてくれよ」

健一は彼女が羞《は》じらいはじめる前に、満里奈の上体を起こしてTシャツを頭から抜き去った。

驚いてしまった。

透《す》ける素材やレースをふんだんに使った、セクシーなランジェリーを着けていた。喪服めいた黒いワンピース姿よりもずっと、大人びた色香が匂った。可愛い童顔とのコントラストが、身震いを誘うほどエロティックだった。

「こ、これは……」

満里奈が真っ赤に染まった顔をひきつらせて言い訳する。

「け、健一さんに喜んでもらおうと思って……買ってあったんだけど……もう別れるから普段使いにしちゃえって……これ見た目だけじゃなくて、着け心地がすごくいいから……」

ブラジャーはハーフカップで、それほど大きくない満里奈の双乳にくっきりした谷間をつくっている。サイドボーンが透ける素材なのもいやらしいし、ショーツのきわどいハイレグに至っては悩殺的としか言いようがない。こんもりと小高いヴィーナスの丘の形がよくわかる。

「嬉しいよ……」

健一は満里奈を抱きしめ、今度は彼女をあお向けに押し倒した。

「俺のために買っておいてくれたなんて……」

ハーフカップのブラジャーの上から、ふくらみをやわやわと揉みしだくと、

「だって……」

満里奈は息をとめ、せつなげに眉根を寄せながら言った。

「健一さん、セックス大好きだから……こんなにエッチが好きな人、わたし、初めて付き合ったよ」

「……ええっ？」

健一は軽い衝撃を受けた。そんなことをいままで言われたこともなければ、自分でも思ったことがなかったからだ。セックスが大好きな男というと、日替わりで女を抱いている絶倫プレイボーイとか、借金をしてまで風俗に通う愚《おろ》か者のことをどうしたってイメージしてしまう。

だが、満里奈は間違ったことは言っていない。健一はいつだって満里奈にセックスを求めてばかりいる。だから正確に言い直せば、セックスが大好きなのではなく、満里奈とするセックスが大好きなのだ。

「エッチが大好きな健一さんのこと、わたし、好きよ。最初はね、絶対遊ばれてるんだろ

うと思ってた。だから、こっちも遊んでやるつもりで、わがまま言ったり、たくさんお金使わせたり……エッチさせるつもりだってなかったし……」

「じゃあ……どうして？」

「どうしてだろう……でも、一回抱かれたら、骨抜きにされちゃった。この人、わたしのこと本当に好きなんだな、って思った。気がついたら、わたしのほうが好きになってた。なんか悔しかった……いまでも悔しい……」

「……そうか」

健一は嚙みしめるようにうなずいた。目頭が熱くなった。自分たちふたりはやはり、眼に見えない赤い糸で結ばれているのだと思った。心ではなく体が、お互いを求めあっている。そのことに戸惑いながらも、運命の導きに幸福感を覚えている。

両手を背中にまわして、ブラジャーのホックをはずそうとすると、

「……あっ」

満里奈が唇を丸く開いた。部屋の照明が明るいままだからだ、と健一も気づいた。彼女はいつも、部屋を真っ暗にした状態でないとセックスに応じてくれない。しかも満里奈の部屋の照明は、控《ひか》えめな白熱灯ではなく、明るい明るい蛍光灯《けいこうとう》なのだ。

「電気、消そうか……」

健一が体を起こそうとすると、

「いい！」

満里奈は強い力でしがみついてきた。

「このまで……このままでして……」

「いいのか？　本当に……」

健一は問いかけながらも、答えを待たずにブラジャーのホックをはずした。彼女の体を明るいところで隅々まで見たかったからではない。満里奈を離したくなかったからだ。立ちあがってスイッチを消すほんの数秒でさえ、離れたくなかった。

黒いレースのカップをめくりあげると、可愛い乳房が現れた。明るいところで見ると、眼に染みるほど肌が白かった。乳首の桜色もゼリーのように半透明で、ともすれば雪白の地肌に溶け込んでしまいそうだ。

裾野から頂点にむかって、ふくらみに舌を這《は》わせた。乳首には触れないまま、乳房だけに唾液の光沢《こうたく》を与えていく。触れずとも乳首は疼《うず》きだし、発情を知らせるようにむっくりと突起してくる。

「あああっ！」

舌先で舐めあげると、満里奈は白い喉を突きだした。健一は一瞬、その表情に視線を釘づけにされた。

いつもはほとんど暗闇と言っていい部屋で、かろうじて見ている満里奈のあえぎ顔を、初めてしっかり目撃した。

感動してしまった。

眉根の寄せ方も、眼の下のねっとりした紅潮《こうちょう》も、きつく眼をつぶって長い睫毛《まつげ》を震わせているところも、ぞくぞくするほどいやらしいのに、可愛らしさとしっかり両立している。

「むううっ……むううっ……」

健一は鼻息を荒らげて唾液にまみれた乳房を揉み、物欲しげに尖《とが》りきった乳首を舐め転がした。

「あああっ……はぁあああっ……」

スイッチボタンを押された満里奈は羞じらうこともできないまま、みるみるうちにあえぎはじめた。蛍光灯の下で喜悦の百面相を披露して、健一をどこまでも強烈に悩殺してきた。

4

暦《こよみ》の上ではとっくに秋なのに、暑くてしかたがなかった。

一対の男女の放つ熱気は季節を忘れさせ、暑くてなお、さらなる灼熱《しゃくねつ》を求めてしまう。

健一は服を脱いでブリーフ一枚になった。部屋が明るいせいで、自分が服を脱ぐことにすら、羞恥《しゅうち》と裏腹の興奮を覚えてしまった。

たっぷりと時間をかけて乳房と乳首を愛撫してやった満里奈は、顔から耳、首筋から胸元まで、生々しいピンク色に染めあげてハアハアと息をはずませている。産毛《うぶげ》までつまびらかになっている素肌に、じっとりした発情の汗をかいている。

その体に残っているのは、黒いレースのハイレグショーツ一枚だった。バックレースがたまらなくセクシーで、プリンと丸い桃尻がチャームポイントな満里奈の体を、これ以上なく妖《あや》しく飾りたてている。

自分から全裸になるのはいささか恥ずかしかったが、健一はブリーフも脱ぎ捨てて満里奈に身を寄せていった。勃起しきった男根は、臍《へそ》を叩きそうな勢いで反り返り、涎じみた先走り液を大量に漏らしていた。

それを見て満里奈が息を呑む。

健一は自分が先に全裸になることで伝えたかった。

今日だけはNGのない無礼講《ぶれいこう》で、いつものように苦手なプレイを拒まないでくれと言いたかった。

「いっ、いやあああっ……」

それでもショーツを奪おうとすれば、羞じらってしまうのが満里奈だった。ただ、いつもより抵抗は激しくなかった。暗闇の中でさえセックスを始めるのに十分もかかる彼女が、意外なほどすんなりとショーツを奪わせてくれたので、無言のメッセージが伝わったのだと確信した。

健一が求めたのは、横向きのシックスナインだった。

クンニリングスを大の苦手にしている彼女とは、いままでできなかったことだ。なにしろクンニに加えて、横向きだとフェラチオをする顔も見られてしまう。恥ずかしがり屋の二十七歳には、ハードルが高すぎる双方向愛撫である。

だからこそ、してみたかった。

満里奈のガードがここまでゆるくなることなんて、これから先に何度あるかわからない。ならば思いきって、いちばんやりたかったことに挑戦してみたかった。

横向きにした満里奈の両脚を、大胆に割りひろげる。剝《む》きだしになった女の割れ目に、やさしく舌を這わせていく。アーモンドピンクの花びらが重《かさ》なりあった妖しい一本筋を、ねろり、ねろり、と舐めあげる。

「ああっ、いやっ……」

羞じらいに身をよじる満里奈には、いきなりシックスナインに応えられる余裕がなかった。健一の舌が一本筋を這いあがっていくほどに、いやいやと体をくねらせ、ショートカットの黒髪を振り乱してあえぎにあえいだ。

だがやがて、自分の鼻先に男根を差しだしている健一の意図を理解したらしい。慣れないクンニリングスに悶《もだ》え泣きながら、すがりつくように男根を握りしめた。すりすりとこすりたてながら何度か息を呑み、小さな唇を割りひろげてピンク色の舌を差しだした。

「ぅんああっ……あああっ……」

長い睫毛をフルフルと震わせながら舌を踊らせても、クンニリングスをされながらなので、うまく舐めることができない。思いきって亀頭を頰張る。小鼻を赤くした淫らな顔で、うぐうぐと男性器官を吸いしゃぶってくる。

「むううっ……」

健一は気が遠くなりそうなほどの歓喜に、全身をわなわなと震わせた。舐めて舐められる双方向愛撫を、どれだけ満里奈としてみたかったことか。しかも、横向きだから、自分の舌が這っている彼女の恥ずかしい場所と、男根を咥《くわ》えこんでいる顔を、同時に拝《おが》むことができるのだ。

奥から蜜があふれてきた花びらをめくり、薄桃色の粘膜《ねんまく》にヌプヌプと舌先を差しこめば、

「ぅんぐっ！　ぅんぐぐっ……」

満里奈は真っ赤な顔で唇をスライドさせ、男根を吸いたててくれた。喜悦が唇や舌の動きに熱を帯《お》びさせるのはお互い様で、彼女の生温かい口内粘膜を男根で感じるほどに、健一は夢中になって薄桃色の粘膜を舐めまわした。あふれる蜜を啜《すす》りたてては嚥下《えんげ》し、花びらを口に含んでふやけるほどにしゃぶりまわした。

アーモンドピンクの花びらが左右にぱっくりと開ききり、羽根をひろげた蝶々のような形になっていく。

肉の合わせ目の上端で、クリトリスが包皮から半分ほど顔をのぞかせていた。綺麗な珊《さん》瑚《ご》色をした真珠《しんじゅ》肉だった。特別敏感なその部分を、ざらついた舌腹ではなく、つるつるした舌の裏側を使って舐めてやる。

ちょんっ、ちょんっ、とまずは軽く触れただけだったが、

「ぅんぐっ……ぅんぐぅぅぅぅぅぅーっ！」

満里奈はガクガクと腰を震わせ、火でも噴きそうな勢いで、可愛い童顔を真っ赤に燃やした。

健一は蛸《たこ》のように唇を尖らせ、クリトリスをそっと吸った。口内にたっぷりと唾液を溜めて、その中で泳がせるように愛撫した。そうしつつ、指先で割れ目をいじる。いよいよ大洪水状態に蜜を漏らしはじめたその部分を、ねちっこくいじりまわしながら、チュッ、チュッ、とクリトリスを吸いたてる。

「ぅんぐっ……ぅんぐぐっ……」

満里奈は最初、感じすぎてつらそうだったが、次第にオーラルセックスに慣れていった。舐めては舐め返すコミュニケーションを理解し、その喜びに淫しはじめた。健一がやさしくクリトリスを吸えば、満里奈もやさしく亀頭を吸い返す。健一が薄桃色の粘膜をペロペロと舐めれば、満里奈も裏筋をペロペロと舐め返す。お互い口のまわりを唾液まみれにして、こみあげてくる快感に五体をわななかせる。

これほど幸福な時間が、この世にあるのだろうかと思った。

いっそ天国にいると言われても、信じてしまったかもしれない。

涼花のヒップに平手を飛ばしていたときとはまるで違う種類の興奮が、胸と股間を同時に熱くする。

愛という眼に見えないものが、けれどもいまだけははっきりと実感できる。

その輪郭《りんかく》をなぞるようにして、薄桃色の粘膜に舌を這わせていく。

満里奈の初々しい舌の動きを男根で感じては、その快感を噛みしめるように身をこわばらせる。

いつまでもこうしていたかった。

できることなら、永遠に舐めあっていたかった。

だがそれは、叶《かな》うことのない夢物語だ。

満里奈を抱きしめたかった。恥部を舐められて太腿を震わせている彼女をハグしたかった。ひとつになりたいという耐えがたい衝動が身の底からこみあげてきて、健一はいても立ってもいられなくなってしまった。

満里奈も同じことを考えていたらしい。

ほぼ同時に、ふたりはお互いの性器から口を離した。

健一は上体を起こし、満里奈の両脚の間に腰をすべりこませていった。

満里奈の唾液にまみれた男根を、いままで舐めまわしていた部分にあてがった。

武者震《むしゃぶる》いが起こる。

亀頭と割れ目が触れている感触だけで、感極《かんきわ》まりそうになってしまう。

いつものことだった。

そして未来までずっと、この気分を味わっていたい。

「いくよ……」

ささやくと、満里奈はコクリと小さくうなずいた。瞼《まぶた》をおろしていなかった。薄眼《うすめ》を開け、妖しいほどに潤んだ瞳でこちらを見上げていた。健一は視線をからめたまま、ぐっと腰を前に送りだした。よく濡れた蜜壺にずぶずぶと侵入していった。

「ああぁっ……んんんっ！」

満里奈がきゅうっと眉根を寄せ、生々しいピンク色に染まった頬をひきつらせる。けれども、眼は閉じない。視線と視線をからめあわせたまま、結合を深めていく。

健一は腰をさらに前に送りだした。半分ほど挿入したところで小刻みに出し入れし、肉と肉とを馴染ませる。ひきつれる感覚はまったくなかったが、一気に最後まで入れてしまうのが惜《お》しい。ぬちゃっ、くちゃっ、と浅瀬を穿《うが》ちながら、上体を満里奈に被《かぶ》せた。右手を頭の下に差しこみ、左手で乳房を揉んだ。

「ああぁっ……あああぁっ……」

満里奈の呼吸がはずんでくる。瞳の濡れ具合も一気に増し、眼の焦点が合わなくなっていく。健一がしつこく浅瀬を穿っていると、乳房を揉んでいる左手をつかんできた。指と指をからめあわせ、交錯《こうさく》させた。しっかりと手を繋いだ。

　ずんっ、と最奥まで突きあげると、

「はっ、はぁああああうううーっ！」

　満里奈は喉を突きだし、獣じみた悲鳴をあげた。健一は声をあげるかわりに、満里奈をきつく抱きしめた。結合の衝撃に、ガクガク、ぶるぶる、と震えている女体をしっかりと抱擁《ほうよう》し、ひとつになった実感を噛みしめた。

　この感触だった。

　喜悦に震え、身をよじっている可愛い女を、しっかりと抱きしめることが、健一における最高のセックスなのだ。いくらありきたりでも、この一点は譲れない。そう思いながら、腰を動かしはじめた。すべてを失っても満里奈が腕の中に残ってくれるなら、それだけでこの世に生まれてきた意味がある。男に生まれてきた悦びを謳歌《おうか》できる。

「はぁああっ！　はぁああああーっ！」

　まだスローピッチの抜き差しにもかかわらず、満里奈の体は腕の中で激しく動いた。素肌という素肌を淫らなほど熱く火照《ほて》らせて、腰を押しつけてきた。

　顔をのぞきこむと、いまにも泣きだしそうな顔をしていた。快感と羞恥を、くしゃくしゃに歪んだ表情の中で交錯させながら、すがるように見つめてきた。

明るい中でひとつになるのは、クンニリングスやシックスナインにも勝るほど恥ずかしいのかもしれない。

あえぐ顔を、男に見られるからだ。

絶頂に達したときのあられもない瞬間を、つぶさに観察されてしまうからだ。

だがもちろん、女の恥は男にとっては興奮の燃料だった。

満里奈には悪いが、彼女が羞じらうほどに、健一は燃える。羞じらいを凌駕《りょうが》する快感を与えたくて、全身全霊を勃起しきった男根に注ぎこむ。濡れた肉ひだの反応をうかがいながら、挿入の角度を調整し、抜き差しに緩急をつける。じわじわと、満里奈の官能を手繰《たぐ》りよせる。押しては引き、引いては押して、愉悦をあふれさせていく。反応のいいポイントに連打を浴びせる。もっと恥ずかしいところを見せてみろとばかりに、痛烈なストロークを送りこんでいく。

「ああっ、いやっ……はぁあああっ……いやあああっ……」

満里奈は薄眼すら開けていられなくなり、ちぎれんばかりに首を振る。ショートカットの黒髪を振り乱し、背中に爪を立ててくる。

健一は溺れていく。満里奈の小さな体に溺れていく。

体の一部をこすりあわせる、たったそれだけのことが、なぜこれほど気持ちいいのかと思う。どうしてこれほど夢中になってしまうのか、いくら息をとめて連打を放ってもよくわからない。

きっとわからなくていいのだろう。

この世に男と女がいて、セックスがあることを、いまはただ感謝すればいい。これほど体の相性がいい相手と巡り会えた奇跡を、無心で享受《きょうじゅ》すればいい。

愛しさがめくり返っていく。

この世でいちばん大切な女に、恥という恥をかかせ、めちゃくちゃによがり泣かせてやりたい衝動が、どうしようもなくこみあげてくる。

「いっ、いやっ……ああっ、いやあああっ……」

背中に食いこんだ満里奈の爪が、皮膚《ひふ》を切り裂く勢いで掻き毟《むし》ってくる。けれども、いまの健一にとっては痛みすら快感の一種だった。スパンキングを受けてあえぐ涼花の気持ちが、少しだけわかった気がした。もっと掻き毟ってほしかった。満里奈の爪でなら、この体をまっぷたつに切り裂かれても、いっこうにかまわない。

「ダ、ダメッ……もうダメッ……」

満里奈が喜悦の涙をボロボロとこぼしながら、眼を見開いた。

「もうイクよっ……わたし、イッちゃうっ……」

「こ、こっちもだ……」

健一はうなずいた。背中を掻き毟られた刺激のせいか、いつものような余裕がなかった。

「こ、こっちも、もう出るっ……」

「……だ、出して」

すがるように見つめてくる満里奈に、健一は何度もうなずいた。どこに出せばいいのか、はっきりとわかった。言われなくても、そうするつもりだった。

「おおおっ……おおおおっ……」

ガクガクと全身が震えだし、うなり声をあげる。しがみつくように満里奈を抱きしめ、怒濤《どとう》の連打を送りこむ。コリコリした子宮を亀頭で突きあげるほどに、男根の芯が熱く疼いた。刻一刻と増していく一体感に抗《あらが》うように激しく貫いた。抗っているはずなのに一体感は増していくばかりで、性器と性器がひとつに繋がってしまったかのような錯覚《さっかく》が訪れる。

「イッ、イクッ……」

満里奈が短く言って全身をこわばらせた。次の瞬間、ビクンッ、ビクンッ、と女体が跳ねあがった。激しい痙攣が蜜壺を通じて男根にまで伝わってきて、濡れた肉ひだが食い締めを増した。お互いの体をこれ以上密着できないところまで密着させて、健一は最後の一打を突きあげた。

「おおおおおっ……おおおうううっ！」

雄叫びとともに、煮えたぎる男の精を放った。男根の芯に灼熱が走り抜け、稲妻《いなずま》に打たれたように全身が跳ねる。満里奈にしがみついていないとベッドの下に転がり落ちてしまいそうなくらい、体中が激しく痙攣している。痺《しび》れるような快感が、男根の芯から体の芯へと伝わり、脳天までビリビリと響いてくる。

「おおおおおっ……おおおおおっ……」

「はぁあああっ……はぁあああああっ……」

喜悦に歪んだ声をからめあわせ、身をよじりあった。ドクンッ、ドクンッ、と男の精を吐きだすたびに、満里奈の顔はピンク色に輝いた。彼女は快感ばかりを嚙みしめているわけではなさそうだった。健一もまた、そうだった。恍惚を分かちあうだけでは足りなかったなにかを、ふたりはいま、しっかりとむさぼっていた。この世にこれ以上の幸福はないと確信しながら、いつまでも抱きしめあっていた。

5

「……残念、としか言いようがないな」

隆一郎は腕組みをし、唸るように言った。

この週末、父の体調はすこぶるよかったらしい。倒れる前は日課だった朝の散歩を再開し、将棋《しょうぎ》仲間を家に呼んで酒宴を開いた。もちろん、本人は飲めないのだが、賑《にぎ》やかな席で楽しそうに笑顔を浮かべていたというから、仕事に完全復帰する日もそう遠くはないだろう。

そんな折、せっかく体調が上向きになったところで、病床にUターンさせるようなストレスフルな話をしたくなかったが、健一も切羽つまっていた。涼花に会社から手を引かせることを告げてしまった以上、一刻も早く父に覚悟を決めた胸の内を伝えなくては、事態がよけいにこじれてしまう。

月曜の朝、会社に遅刻の連絡を入れ、両親と話をした。

いままで隠していたけれど、実は自分と涼花は過去に付き合っていたことがあり、今回仕事を頼んだことでお互いに……とくに彼女をずいぶんと傷つけてしまったことを丁寧に説明した。

そのうえで、花嫁候補は別にいるのだと、いままで何度もした話を繰り返した。ただし、いままでとは覚悟の度合いが違った。反対されれば、健一は本気で会社を辞め、家を出るつもりだったが、血の繋がったふたりは、そこまで言う前に気持ちを察してくれた。渋々《しぶしぶ》ながら折れてくれた。

「どうしても、佐倉さんじゃダメなのか？」

父は未練がましく言っていたけれど、

「どうしてもダメなんだ」

健一がきっぱりと言うと、母と眼を見合わせて溜息まじりにうなずきあった。

「じゃあ、いったいどういう人なんだ？　おまえが結婚したいっていうのは」

「会社の人さ。営業部で働いている藤咲満里奈って人」

「藤咲……満里奈？」

父はしばし視線を泳がせてから、ハッとした顔で言った。

「ま、まさか……あの、異様に媚びた子か？　体をくねくねさせてしゃべる……」

「いや、まあ……お偉いさん相手だと、そういうところも、あるけど……」

健一が気まずげに答えると、

「……ふうっ」

父は額に手のひらを乗せ、天を仰いだ。どうしてそこに行くんだ、という心の声が聞こえてきそうだった。あんな見え見えのブリッ子芝居に騙されやがって、とも思っていたかもしれない。

「ちょっと、あなた、どういう人なの？」

満里奈と面識のない母が訊ねたが、

「うーん、なんというかなあ……なんとも言えんな。会議でお茶を出してもらったことがあるくらいだから……」

父はしどろもどろに言葉を濁《にご》した。

「大丈夫だよ、母さん。ちょっと頑固なところもあるんだけど、根っこはとってもいい子なんだよ。専業主婦向きっていうか……」

健一は必死でフォローした。

「なにしろ、ふたりがカナダに行ってたとき、うちの家事を一手に引き受けてくれてたの、彼女なんだからさ。会社が終わったあと、毎日通ってきてくれて……」

「あら、やだ」

母の顔色が変わった。

「あなた、家事代行サービスを頼んだって言ってなかった？」

「いや、まあ……話には順序があると思ってさ。嘘をついたんだ」

「黙ってたけど、ずいぶんだったのよ。わたしのやり方がよっぽど気に入らないのか、食器の置き場所でも、洗濯物の畳《たた》み方でも、ぜーんぶ自分流に変えてるの。人の家にあがったなら、元のやり方に倣《なら》うのが常識だと思いますけどね。ずいぶん無神経な家事代行サービスだと思ってたら、まさか……」

健一と隆一郎は眼を見合わせた。早くも嫁姑の喧嘩の火種《ひだね》が発覚し、頭を抱えたくなってくる。

「やっぱり考え直したほうがいいんじゃないか？」

父が小声でささやいてきたが、

「いや……」

健一は首を横に振った。

「考えに考えたすえの結論なんだ。俺には彼女しかない。それはもう、動かせないから……」

「……そうか」

父は眼を細めて笑った。

「そこまで言うなら、好きにすればいい。結婚するのは、私たちじゃないからね」

「まったく……」

母も笑った。

「健一の口から『俺には彼女しかいない』なんて台詞《せりふ》、聞ける日がくるなんて夢みたい」

「……ありがとう」

健一は深く頭をさげた。ひどく照れくさかったけれど、覚悟を決めてよかった。実際に結婚生活が始まれば、やっかいなことが次々に降りかかってくるだろうが、もうジタバタしたってしかたがない。自分には彼女しかいないのだから、どうしようもない。


数週間後——。

健一はトランクを積みあげたカートを押しながら、成田空港にいた。

「まわりから見たら、これ絶対、女社長と鞄持ちだよなあ……」

「文句言わないの」

先を歩いていた涼花が振り返って唇を尖らせる。もはやトレードマークと言ってもいい濃紺のタイトスーツに黒いハイヒールで颯爽《さっそう》と歩く彼女は、国際線のキャビンアテンダントが行き交う空港の中でも、その知的な美貌とエレガントなたたずまいでひときわまわりの眼を惹《ひ》いていた。

彼女はこれから、シンガポールに向けて出国する。日本で取引のある会社の現地法人をコンサルタントするためらしいが、行けば二、三年は日本と往復する生活になるらしい。思いきった決断である。社内でも反対が多かったプロジェクトなのに、涼花は超多忙になることを承知で引き受けたという。

彼女なりの、傷心旅行ならぬ傷心仕事だ。

傷ついた心を仕事に忙殺されることで忘れてしまおうというわけだが、自分が傷つけた張本人であってみれば、健一は心穏やかではいられなかった。

突然〈本山材木店〉の仕事から手を引かされた違約金を、涼花は請求してこなかった。それどころか、後任の経営コンサルタントにしっかりと引き継ぎの資料を整えて、静かに会社から去っていった。

別れ際をきれいにしたい、というのが彼女のたったひとつの望みだった。

「もう全部許してあげる。笑顔で空港まで見送ってくれれば、それでいい」

そう言った涼花は、格好よかった。まったく、連絡を絶つことで強引に別れを押しつけた健一や、喪服じみた黒いワンピースを着てヒステリーを起こした満里奈に比べて、なんと大人なのだろう。

むろん、かつての幕切れがあまりに残酷なものだったので、きれいな別れを望んだに違いない。

健一は申し訳ない気持ちでいっぱいだった。

この罪悪感は一生引きずっていくことになりそうだが、涼花の気持ちを考えれば、それが当然だった。

荷物を預けおえると、

「じゃあね。あとはひとりで大丈夫……」

涼花はさっぱりした笑顔で言った。

「送ってくれて、ありがとう」

「いや、そんな……」

「喧嘩別れっていうのは、やっぱり後味が悪いじゃない？　楽しかった思い出まで、台無しになるし。相手のことが好きであればあるほど、憎むようになるし」

すいません、という言葉を、健一は呑みこんだ。今日、彼女に会う前から、それだけは決めていた。謝れば謝るほどこちらの気持ちは楽になるが、彼女はきっと傷つくだろう。

「シンガポールって、住みやすいんですかね？」

「さあ」

涼花は悪戯っぽく首をかしげた。

「仕事以外のことは、なんにも調べてないから」

「豪快だ」

「いいのよ、あたふたするために行くようなものだから……」

「……成功を祈ります」

「あなたもね」

「えっ？」

「彼女のこと、幸せにしてあげて」

「ああ……」

健一は苦笑した。数日前、満里奈が辞表を出したので、結婚情報を解禁したのだ。社内は大騒ぎだった。営業部に顔を出すと、彩子たちの視線が痛かった。予想通り、どうしてよりによってあの子なの、という顔をしていた。

その一報は、涼花の耳にも届いたらしい。

「満里奈ちゃんだっけ？　ああいうタイプを選んだの、少し意外だった」

涼花が言い、

「意外っていうか、がっかりなんでしょ」

健一は自嘲《じちょう》気味に返した。

「女友達に、寄ってたかっていじめられてますよ」

「そうでしょうねえ……」

涼花に残念そうな眼を向けられ、健一は少しむきになった。

「女が嫌いな女が、男は好きなんですよ」

「それ、絶対認めたくないけど」

涼花もむきになって言い返してくる。

視線が合い、お互いに笑った。

「でもたしかに、真実かも。脅威《きょうい》があるから嫌うわけで、どうでもいい子なら無視しとけばいいだけだもん」

満里奈にだっていいところがたくさんあるんですよ、と言いたかったが、やめておいた。それは自分の胸に秘めておけばいいことだ。

「じゃあね……」

「頑張ってください」

握手《あくしゅ》をして別れた。

振り返らずに歩こうと思った。

そうすればきっと、人生のページがめくれる音が、どこからか聞こえてくるだろう。

女が嫌いな女が、男は好き

一〇〇字書評

切り取り線

購買動機（新聞、雑誌名を記入するか、あるいは○をつけてください）

- □（　　　　　　　　　　　　　　）の広告を見て
- □（　　　　　　　　　　　　　　）の書評を見て
- □ 知人のすすめで
- □ タイトルに惹かれて
- □ カバーが良かったから
- □ 内容が面白そうだから
- □ 好きな作家だから
- □ 好きな分野の本だから

・最近、最も感銘を受けた作品名をお書き下さい

・あなたのお好きな作家名をお書き下さい

・その他、ご要望がありましたらお書き下さい

住所	〒				
氏名		職業		年齢	
Eメール	※携帯には配信できません	新刊情報等のメール配信を 希望する・しない			

この本の感想を、編集部までお寄せいただけたらありがたく存じます。今後の企画の参考にさせていただきます。Eメールでも結構です。

いただいた「一〇〇字書評」は、新聞・雑誌等に紹介させていただくことがあります。その場合はお礼として特製図書カードを差し上げます。

前ページの原稿用紙に書評をお書きの上、切り取り、左記までお送り下さい。宛先の住所は不要です。

なお、ご記入いただいたお名前、ご住所等は、書評紹介の事前了解、謝礼のお届けのためだけに利用し、そのほかの目的のために利用することはありません。

〒一〇一－八七〇一
祥伝社文庫編集長　坂口芳和
電話　〇三（三二六五）二〇八〇

祥伝社ホームページの「ブックレビュー」からも、書き込めます。

http://www.shodensha.co.jp/bookreview/

祥伝社文庫

女が嫌いな女が、男は好き

平成26年 3 月20日　初版第 1 刷発行

著　者　草凪《くさなぎ》 優《ゆう》
発行者　竹内和芳
発行所　祥伝社《しょうでんしゃ》
東京都千代田区神田神保町 3-3
〒101-8701
電話　03（3265）2081（販売部）
電話　03（3265）2080（編集部）
電話　03（3265）3622（業務部）
http://www.shodensha.co.jp/
印刷所　堀内印刷
製本所　関川製本
カバーフォーマットデザイン　芥　陽子

 ISBN978-4-396-34020-9 C0193